味の船

小料理のどか屋 人情帖9

倉阪鬼一郎

二見時代小説文庫

味の船——小料理のどか屋人情帖9

目次

第一章　鮟鱇《あんこう》鍋

一

のどか屋の座敷で、ほわっと湯気が上がった。

「こりゃ、いいねえ」

「冬場はやっぱり鍋物だよ」

「しかも、鮟鱇鍋ときた」

「なら、さっそくいただこうぜ」

鍋の蓋が取られるなり、ほうぼうから箸が伸びてきた。

岩本町《いわもとちょう》にその見世《みせ》ありと、土地の者ばかりでなく近隣にも名が聞こえるようになってきたのどか屋は小料理の見世だ。

大料理ではなく、小料理。

そこにあるじの時吉《ときさち》とおかみのおちよの心意気がある。大向こうをうならせるような、華やかな大料理ではなく、たとえ地味でも心がほっこりするような小料理をお出しする。それがのどか屋の心意気だ。

それに照らしてみれば、いま座敷で披露された鮟鱇鍋はいささか派手だった。背骨と歯くらいしか捨てるところがない鮟鱇が、ゆでた肝《きも》も含めて盛大に入っているし、ほかの具も椎茸《しいたけ》、葱《ねぎ》、春菊、白滝《しらたき》と抜かりがない。鍋地はだし汁に酒と味醂《みりん》と醤油。味噌仕立てにすることもあるが、今日は八方だし地を用いていた。

「まあ、祝いごとでもなければ、こんな豪勢なものは食えねえからな」

籠師《かごし》の親方が上機嫌で言った。

今日の座敷は祝いごとだ。

わらべに毛が生えたようなころから住みこみで修業をしてきた弟子が、晴れて通《かよ》いの身になる。ひとかどの職人になったという証《あか》しだ。

それを祝うために、仕事場の職人衆が座敷に陣取っている。三日前に話を聞いたから、時吉はつてを頼っていい鮟鱇を仕入れてきた。ふだんは食べられないものを食せば、いい餞《はなむけ》になるだろう。一生の思い出と励みになるだろう。

「よござんしたねえ、年季が明けて」

檜《ひのき》の一枚板の席から、大橋季川《おおはしきせん》がにこやかに言った。

おちよの俳諧の師匠で、頭《かしら》に雪のごとき白髪《はくはつ》を戴《いただ》いた好々爺《こうこうや》、のどか屋の一枚板の席には欠かせない常連だ。

「ありがたく存じます」

年季が明けた実直そうな職人が、座敷で頭を下げた。

「こちらもありがてえかぎりですよ、ご隠居」

籠師の親方が笑顔で言った。

「いつまでも居座られたんじゃ、若《わけ》えもんの励みにもならねえ。初めのうちは竹割りがどうしてもできなくて泣いてたやつだが、ま、よく辛抱したよ」

「竹割りってのは、同じ竹を使う職人でも、桶師《おけし》とはまた違うみたいだね」

隠居の隣に座った源兵衛《げんべえ》が言った。

岩本町では顔役の人情家主だ。困っている者がいたら、店賃《たなちん》を無理に取り立てたりはしないから、店子《たなこ》の信頼はすこぶる厚い。

「おれらは竹の皮を口にくわえて小刀で割るんだけど、あいつらは左足の指に挟むみてえだな」

「桶の竹は幅があるからよ」

「体をこうやってゆすりながら割っていくんだ。この要領をつかむまでが、ちいとばかし骨でね」

「なかなかそろわないときは泣きたくなりますよ」

気のいい職人衆が口々に教えてくれた。

「まあ、なんにせよ、めでたいことだよ。おかげで、こちらもこんなうまいものをいただける」

「あん肝なんて、めったに口にできませんからな」

座敷は鮟鱇鍋だが、一枚板の席にはあん肝の酢の物が供されていた。

「こちらも師匠の見世でやったきりで、思い出しながらつくりました」

厨《くりや》から時吉が言った。

「つるし切りはずいぶん手間がかかってたわね」

息子の千吉《せんきち》をあやしながら、おちよが言う。

「じゃあ、のどか屋では初めてかい？」

隠居が問うた。

「ええ、三河町《みかわちょう》のときも鮟鱇を料理したことはなかったですから」

ゆえあって刀を捨てて包丁に持ち替えた元武家の時吉が、おちよの父の長吉《ちょうきち》のもとで修業をし、初めにのれんを出したのは神田《かんだ》三河町だった。だが、先の大火で焼け出されてしまい、ここ岩本町に再びのれんを出した。江戸の華と言われるほどで、火事は折にふれて起きる。運が悪ければ、人生のうちにたびたび焼け出される羽目になる。

「臭みもないし、こりゃとろけるほどうまいね」

あん肝を口に運んだ源兵衛が相好《そうごう》を崩した。

「ありがたく存じます。肝は生姜《しょうが》の薄切りと刻み葱を入れたお湯で下ゆでしてありますので」

「道理で臭くないわけだ」

と、隠居。

「天盛りの紅葉《もみじ》おろしと酢醤油《すじょうゆ》もいい感じだね。……おっと、おまえにはあげないよ」

ひざを狙ってきた猫たちに向かって、家主が言った。

「のどかはもうお祖母《ばあ》ちゃんなんだから、孫と一緒に食べ物を狙ったりするのはよしなさい」

おちよがたしなめる。

茶と白の縞猫がのどか。三河町の火事でも生き延びてきた見世の守り神だ。

その子で、黒と白のぶち猫がやまと、同じ茶とらの鉤《かぎ》しっぽがちの。やまとが牡《おす》で、ちのは雌《めす》だ。

今年はちのがお産をした。生まれた猫はほうぼうへもらわれていったが、一匹だけ三毛猫を残した。その名もみけと一緒に祖母ののどかがあん肝を狙っているのだから、おちよに叱られるのも無理はない。

「はは、のどかはいつまで経っても気が子猫だからな。でも、これは大事な人さまの食べ物だから、おまえにはあげないよ」

源兵衛は足をひょいと動かし、あっちへ行けというしぐさをした。

「ふみゃ」

のどかは少し不満げにないて去っていった。

のどか屋の見世先には空《あ》いた酒樽が置かれている。その上に箱と敷物を置き、猫たちが昼寝をする場所をしつらえてある。同じ血筋とはいえ、始終《しじゅう》仲がいいわけではないのだが、冬の昼下がりなどはみなで一つ場所でかたまって寝ていることが多い。

猫を見てほっこり、料理を食べてまたほっこり。

　のどか屋にはそんな評判が立っていた。

「それにしても、寿命が延びそうだな、この鍋は」

　籠師の親方が言った。

「肝も白身も皮も、どこもうまいですからね」

「この鍋に入ってると、椎茸や白滝もうまい」

「おいらは葱だな。ぶつ切りにした葱がうめえのなんの」

「だしが品のいい薄さになってるのがいいな、おかみ」

　おちよに声がかかった。

「もともとは味噌仕立てだったそうなんですが、うちのほうでは八方だしを使うようにしてるんです」

「味噌のほうが野趣《やしゅ》が出るんですが、鮟鱇の味を殺《そ》がずに存分に味わっていただこうと」

　時吉が言い添えた。

「そりゃ存分に出てるぜ」

「口福《こうふく》、口福」

　のどか屋の座敷に笑顔の花が咲いた。

文政《ぶんせい》十一年の冬――。

このまま何事もなく、新年を迎えられそうな雰囲気だった。

のどか屋の跡取り息子の千吉は、先だって初めて立って歩いた。たった一歩だけだが、わが力で歩いた。

生まれつき足が悪い千吉が、杖に頼りながらでも歩けるようになるのはまだずいぶん先だろうが、人生の一歩を記した。

町の人たちに愛され、ありがたいことに見世は繁盛している。のどか屋に何も憂えはないはずだった。

だが……。

照る日があれば曇る日もあるのが人生だ。ときには激しい雨や雪も降る。

のどか屋を取り巻く空模様は、西のほうから人知れず崩れはじめていた。

二

鮟鱇鍋には二度のおつとめがあった。残った鍋地で雑炊《ぞうすい》をつくるのだ。

「もう腹が一杯だな」

「最後までうまかった」

「玉子も入ってるし、こいつぁ言うことなしだ」

職人衆は上機嫌で祝いごとを終え、のどか屋を出ていった。

年季が明けたあの職人は、これから一生、この日を忘れないだろう。のどか屋へ戻るたびに思い出すだろう。

いずれひとかどの職人になって一人立ちし、所帯を持って子ができる。その子が大きくなったら一緒に座敷に上がり、酒を酌み交わしながら、年季が明けた日にここで鮟鱇鍋を食べた思い出話をするようになるかもしれない。

時吉がそんなことを思い巡らしていると、戸が開いてまた常連が入ってきた。

「いらっしゃいまし」

おちよがすぐさま声をかける。

「おう、こりゃお武家さまがた」

「いま少し早ければ、あん肝があったんですが」

一枚板の席から声が飛ぶ。

のどか屋に姿を現したのは、二人の勤番《きんばん》の武士だった。

偉丈夫が原川新五郎《はらかわしんごろう》、華奢《きゃしゃ》なほうが国枝幸兵衛《くにえだこうべえ》、ともに大和梨川藩《やまとなしがわ》の禄《ろく》を食《は》んでいる。

時吉も元は同じ藩の武士だった。かつての同僚のよしみで、二人は折にふれてのどか屋に顔を出してくれている。

「あん肝か、それは惜しいことをしたな」

「遅かりしか」

そう言いながらも、二人の顔つきはいつもと微妙に違っていた。

時吉は思い出した。

前に顔を見せたとき、二人は去りぎわにこんなことを言っていた。

（ほな、また寄らしてもらうわ）

（ひょっとしたら、相談事を持ちこむかもしれんがな）

（その節は、よしなに）

原川と国枝とは長い付き合いになる。顔つきを見れば、何を考えているか、おおよその察しはついた。

いよいよその相談事を持ちこもうとしているのだ。遅い時分にのれんをくぐったのは、おそらく客の波が引くのを見越してのことだろう。

「いま、お座敷を片付けますので」

何も察していないおちよはいそいそと動いていたが、時吉は何がなしに胸騒ぎを覚えていた。

鮟鱇はもう使ってしまったので、残っている目ぼしい素材といえば鰤《ぶり》だけだった。

これは鍬《くわ》焼きにした。その昔、畑仕事の合間に野菜や鳥を鍬に乗せて焼いて食べたのが名の由来で、いたって素朴な料理だ。浅めの鍋に油を敷き、鰤を焼いてたれをからめるだけでできる。

料理が単純なときは、たれに凝ってやるとちょうど釣り合いが取れる。これも師匠の長吉から学んだ。

鰤の鍬焼きのたれはこうだった。

醬油に酒に味醂、これに少量の砂糖も加える。さらに、みじん切りにした葱と生姜、そして、有馬山椒《ありまざんしょう》の佃煮《つくだに》も、包丁の背で軽くたたいてから加える。これでぴりっとした香りが立つ。

鰤におおむね火が通ったら、油を切る。余分な油があると、たれがうまくなじまないからだ。

あとはたれを鰤に煮からめていけばできあがりだ。芋や青物などがあれば、同じ鍋に按配よく投じることもできる。

「いい香りだね」

「鰤《ぶり》の脂《あぶら》がまたべつの衣をまとうわけだ」

人情家主と隠居が言った。

「はい、お待ちどおさまでした」

おちよが座敷の二人に鍬焼きを運んでいった。

もともと気のいい武士たちなのだが、今日はやはり何か心に引っかかっているものがあるのか、うまいものを食してもいま一つ表情は晴れなかった。

「これやな」

「ああ、江戸の味や」

言葉少なにそう言って、酒を呑みながらゆっくりと味わっていた。

その空気が伝わったのかどうか、ややあって隠居が腰を上げた。

「雪でも降ってきたら難儀だからね。そろそろ帰らせてもらうよ」

「なら、そこまで送っていきましょう」

源兵衛も続く。

「では、お先に」

季川は座敷に声をかけた。

「ああ、気をつけて」

「また、ゆっくり」

勤番の武士たちは短いあいさつをした。

「毎度ありがたく存じました」

「どうかお気をつけて」

時吉とおちよは見世先で二人の客を見送った。

もう遅いからのれんをしまい、おちよは千吉を寝かせに二階へ上がった。

「今日はいささか頼みごとがあって、ここへ参った」

案の定、頃合いを見て原川新五郎が切り出した。

「前にもちらりとうかがいましたが」

洗い物は後回しにし、時吉は話を聞くことにした。

「ああ、ちょっと難しい話でな」

好人物の国枝幸兵衛が珍しく顔をゆがめた。

「では、うかがいましょう」

手をきちんと拭いてから、時吉は座敷に向かった。

「できれば、おかみもいてくれたほうが……」

原川は二階へ通じる階段のほうを見た。

「千吉はすぐ寝ますので。本当はもう少し早く寝かさないといけないんですが」

「おかみも見世があると忙しいさかいな。そら、しょうがない」

国枝がそう言ったとき、おちよが静かに階段を下りてきた。

これで役者がそろった。大和梨川藩の勤番の武士たちとのどか屋の二人は、座敷で密談を始めた。

「おかみにも加わってもらったのはほかでもない。いまからあるじに厄介な頼みごとをしようと思ってな。もちろん、断ってもらってもいっこうにかまわんのやが……」

国枝幸兵衛はそう言って、原川新五郎の顔を見た。

「あるじが磯貝徳右衛門《いそがいとくえもん》と名乗っていたころなら、有無を言わせず『こうしろ』と言ったところなのだが、そうもいくまい。おぬしが……いや、あるじが刀を捨てて、包丁に持ち替えた気持ちは重々《じゅうじゅう》分かっておるつもりだからな」

「まさか、もう一度、お武家に戻れというお話では……」

「いや、そうではない」

おちよの言葉を、原川はあわててさえぎった。

「これは、あくまでものどか屋の時吉さんへの頼みごとだ。再び刀を差せ、家中《かちゅう》へ戻れなどという無理なことは言わん」

それを聞いて、おちよはいくらかほっとしたようにうなずいた。

「ことによると……殿のお加減とのからみのお話でしょうか」

いくらか間合いを図ってから、時吉はたずねた。

図星だった。

「そのとおりや」

やや間を置いてから、原川は絞り出すように答えた。

「わが殿は英明なれど、かねてより蒲柳《ほりゅう》の質《しつ》で、病の床に伏すことがたびたびあった。抱えの医者の働きもあり、そのたびに回復されてきたのだが……こたびは、もはや打つ手なしという診立てと相成った」

「まださほどのお齢《とし》ではございますまいに」

時吉は暗然とした顔で言った。

「おいたわしいことや。医師も匙《さじ》を投げるくらいで、来年の桜は見られまいと」

国枝が声を落として言う。

「で、ここからが相談だが……国元で病の床に伏しておられる殿は、かような望みを抱いておられる」

原川はちらりとおちよのほうを見た。

そして、一つ座り直してから時吉に告げた。

「わが病はもはや癒《い》えぬ。よって、江戸へ参ることは叶わぬ。それはさだめゆえ致し方がないが、せめていま一度、江戸の料理を食したかった。この舌で、江戸の味を賞味したかった。それが心残りだ、と」

いくらか声を詰まらせながら、原川は言った。

おちよと目と目が合った。

大和梨川藩の勤番の武士たちがいかなる頼みごとでのどか屋を訪れたのか、はっきりと分かった。

「江戸の味を……」

時吉は感慨深げに言った。

「そや」

国枝がうなずいてから続けた。

「殿は女色《にょしょく》に溺れたりする方ではなく、これまでいたって方正《ほうせい》に過ごされてきた。楽しみといえば、お能を舞われることと、料理に舌鼓を打つことくらいだった」

「その料理だが、上屋敷の料理番はよろずに中途半端で、いささかご不満もあったようだ。そんなおりは、ひそかに名のある料理屋へ足を運ばれ、江戸の味を賞味されていた。何を隠そう、わしも幸兵衛もお供つかまつったことがあってのう」

原川は国枝を見た。

「さすがに、のどか屋の座敷に殿をお連れすることはできなんだが、もし食せば、必ずや満足されたはず」

密談をするのに、酒は付き物だ。国枝が猪口《ちょく》の酒を呑み干したからおちよが注いだが、その手はわずかにふるえていた。

「ということは、わたしに……」

時吉はわが胸を指さした。

「白羽の矢を立てさせてもらったわけや。もちろん、一人で大和梨川へ行けなどという無理なことは言わん。わしも幸兵衛も同行し、つとめを果たしてから江戸へ戻ってもらう。身辺の警護は抜かりなくさせてもらうつもりや」

原川の声に熱がこもってきた。

「元藩士として、わたしに白羽の矢が立つのは当然かもしれませんが……」

時吉はあいまいな表情になった。

はい、そうですか、と気安く引き受けられる話では断じてなかった。おちよと千吉を江戸に残し、山間の小藩である大和梨川まで峠を越えて行かねばならない。冬には雪が積もる難所越えになる。

しかも、かつての御家騒動の余波がないとは言えない。かつて磯貝徳右衛門と名乗っていた時吉の働きによって誅《ちゅう》せられた家老の有泉《ありいずみ》一族の残党に、ひそかに命を狙われるかもしれないのだ。

その御家騒動では、時吉は苦い経験をした。そして、刀と故郷を捨て、包丁に持ち替えてこの江戸で料理人として生きる決心をしたのだ。いかに殿のためとはいえ、再び故郷に足を向けるのはためらわれた。

「たしかに、元藩士のよしみもある。しかし、それだけではないぞ」

原川が言った。

「そうそう、江戸でいちばんの料理人に話を持ちこんだわけや」

国枝も和す。

「江戸でいちばんの料理人……」

時吉は独りごちた。

「そや。わたしらは、磯貝徳右衛門に言《ゆ》うてるわけやない。江戸でいちばんの料理人、のどか屋の時吉さんにお願いしてるわけや。どうかわが殿に、いま一度江戸の味を、身罷《みまか》る前に、うまい江戸の料理を、と」

国枝は声を詰まらせた。

「わしらもほうぼうの見世で物を食べてきた。お忍びの殿に付き従って、番付に載ってる名のある見世で食べたこともある。そやけど、江戸の味と言うたら、のどか屋がいちばんや。これは世辞やない。甘辛い江戸の味付けにもかかわらず、決してくどくない。鬼面人《きめんひと》を驚《おどろ》かすようなけれん味たっぷりの料理ではないが、何を食べても心がほっこりする。そんな料理を殿にふるまえるのは、のどか屋の時吉さんだけやで」

原川は熱っぽく語った。

「おまえさん……」

おちよが案じ顔で時吉を見た。

「藪《やぶ》から棒の話で、まったくすまんことや、おかみ」

国枝が頭を下げた。

「いえいえ、急なお話でびっくりしただけで……」

そう言いながらも、おちよの顔色は芳《かんば》しくなかった。

無理もない。のどか屋の大黒柱を引き抜いていこうという話なのだから。

「もちろん、今日明日に返事をしてくれという話ではない。よくよく考えて、行くか行かざるか決めてもらえばいい」

場の雰囲気を察して、原川が言った。

「できれば、師匠とも相談して決めたいと思います。もちろん、おちよとも」

一言ずつかみしめるように、時吉は答えた。

「ああ、そうしてくれ」

と、原川。

「難儀をかけるな。断ってくれてもええさかいに」

国枝はわずかに笑みを浮かべたが、原川は少し首をかしげてから言った。

「ただ、わしらの思いとしたら、わが殿にのどか屋の料理を召し上がっていただきたい、いま一度、江戸の味を堪能されてから……と。そういう思いでいっぱいや」

原川は目元に指をやった。

「では、お返事はいつまでにすればよろしいでしょうか」

時吉はたずねた。

「あまりずるずると延ばすわけにもいかん。なにぶん殿のお加減がお加減だけに、もし間に合わないということになったら申し訳が立たぬ」

原川が答える。

「あさっては休みやったな、おかみ」

国枝がやんわりと表情を崩してたずねた。

「え、ええ……」

まだ動揺した顔で、おちよは答えた。

「なら、明けて三日後はどうや？　またここへ寄らせてもらうので、そのときに返事を聞かせてもらえば、と」

時吉とおちよは、再び顔を見合わせた。

おちよがうなずく。

「承知しました。よくよく考えて、お答えいたします」

時吉はそう答えて頭を下げた。

第二章　鰤付け焼き

一

「そりゃあ、一つの峠だな」

厨で手を動かしながら、豆絞りの料理人が言った。

時吉の師の長吉だ。

孫の千吉を猫かわいがりしているから、のどか屋が休みのときは、おちよがときどき顔を見せがてら里帰りをしている。今日は時吉も同行し、例の頼みごとの話を打ち明けたところだ。

「難儀だと分かっている峠を上るか、このまま引き返すか、二つに一つです」

長吉屋の料理づくりを手伝いながら、時吉は答えた。

裏手のほうから、だしぬけに赤子の泣き声が響いた。

（ほら、千ちゃん、もう一度やってごらんなさい……）

おちよの声がする。

つかまり立ちはできるようになったが、片足の向きが曲がっているためにうまく歩けない千吉が、見世の裏手でおちよの手を借りて稽古をしているようだ。

いつも聞き慣れたその声が、今日はいやに胸に迫った。

大和梨川へ赴いたら、しばらく会えなくなってしまう。いや、再び江戸の土を踏めるという証しはない。

「いずれにしても、人として、料理人として決めることだな」

長吉はそう言うと、弟子の一人に鋭い指示を飛ばした。

浅草の福井町《ふくいちょう》——。

のどか屋とは違って大きな構えの師匠の見世には、その名を慕った弟子たちが各地から集まってくる。長吉屋の厨で修業をし、ひとかどの料理人となったあかつきには、「吉」の一字をもらってのれん分けをするのが習わしとなっていた。

「親として、夫として、ではなく、人として、料理人として、ですか……」

鰤の身に串を打ちながら、時吉はたずねた。

「そこが思案のしどころだがな」

初老の料理人は軽く首をかしげた。

「いくら考えても、堂々巡りになるばかりだろう。時吉の身はたった一つしかねえんだから」

「はい」

「ま、付け焼きが終わってから話の続きをしようや」

「承知しました」

時吉はいまつくっている料理に気を集めた。

脂の乗った寒鰤の付け焼きだ。鱗《うろこ》を取った鰤は腹を開き、水で洗って三枚におろして、いい按配《あんばい》に切る。

酒と味醂と醬油を合わせたたれに小半時ほど浸ける。醬油は濃口《こいくち》で、たまり醬油もいくらか加えるのが勘どころだ。

味のしみた鰤の焼き加減は、料理人の腕の見せどころといえる。まず皮をさっとあぶり、身のほうから焼く。両面ともほどよく焼けたところで、刷毛《はけ》でもう一度たれを塗り、仕上げ焼きをする。香ばしい匂いが漂ったらできあがりだ。

最後の衣をさらりと着せることによって、鰤の付け焼きになおさら深みが出る。身は笠間《かさま》の平皿に盛り、杵生姜《きねしょうが》を添えてお出しする。

「お待ちどおさまです」

長吉屋にも檜の一枚板がある。と言うより、こちらのほうが本家だ。時吉は常連客にできたての付け焼きを出した。

「見てよし、香りをかいでよし……」

「そして、もちろん、食べてよし、だろうね」

「さっそくいただくよ」

一枚板の客が箸を取った。

見世にはほかに、区切りのある座敷がいくつかある。人目が気にならないから、祝いごとやあきないの相談などに幅広く使える。料理もうまいし、客あしらいもいい。長吉屋は今日も繁盛していた。

（そうそう、千ちゃん、上手《じょうず》上手……）

おちよの声が聞こえる。

いつもは耳に快い声が、今日はいくぶん責めるように響いた。

時吉は首を振ると、残りの付け焼きの仕上げにかかった。座敷の客にも出すから、まだ切り身が残っている。

「これだって江戸の味だからな。たまり醬油がいい感じの隠し味になってる」

同じように手を動かしながら、長吉が言った。

「たしかにそうですが、大和梨川は四方を山で囲まれた盆地なので、こういった新鮮な海の物は入りません」

「ほう……」

長吉がちらりと目を上げて、時吉の顔を見た。

「干物なら、どうにか入るかなといったところです。それとて、江戸に比べたら品数はぐっと限られてしまいますが」

「だったら、山の物を使うしかねえな。それでも江戸の味にはなるだろうよ」

「はい」

そんな話をしていると、さっそく一枚板の席から、「お次は山の物で」という注文が出た。

「任せたぜ、時吉」

長吉が笑みを浮かべた。

「承知しました」

材料をあらためると、笠の張りがいい感じの椎茸が目に留まった。時吉はこれを用いて、油焼きをつくることにした。

生の椎茸は、ぎゅっと絞った濡れ布巾で汚れをていねいに落とす。それから石づきを切り、芥子醬油《からしじょうゆ》に浸けてさっと味をなじませる。

むやみに長く浸ける必要はない。数を二百、心のうちで数えるほどでいい。

焼き網には胡麻《ごま》油を塗っておく。この網で焼けば、おのずと椎茸に味が移る。

焼きには手早さが求められる。両面ともにさっと焼くくらいでいい。焼きすぎてはいけない。

網から下ろしたら、手際よく包丁を動かし、すかさずお出しする。胡麻油の香りが漂っているうちが華だ。あつあつを食せば、これほどうまいものはない。

「涙がこぼれそうだね、これは」

「椎茸って、こんなにうまいものだったのか」

「いや、ありがたいありがたい」

あきんど風の客の一人が、思わず皿に両手を合わせた。

「お熱いうちが華の料理ですので」

時吉は言った。

「なるほど。そりゃ、やんごとなきお方の口には入らないね」

「お毒味とかがあったら、すっかり冷めちまうから」

客の声に、時吉はなるほどという顔つきになった。

「なら、椎茸でもう一品」

ふと思いついた時吉は、さっそく手を動かしはじめた。なおも付け焼きをつくりながら、長吉はその様子を見ていた。

時吉が素早くつくったのは、椎茸の焼き浸しだった。べつに椎茸でなくてもいい。えのきでもしめじでもいい。

茸を網焼きにして食べよい大きさに切り、だしと醬油と味醂を合わせた地に漬ける。数をゆっくり三百ほど数えて置き、按配よく味がしみたところで器に盛り、仕上げに七味唐辛子をかけていただく。

「こりゃ、酒の肴《さかな》にうってつけだね」

「酒がすすむよ。唐辛子もぴりっと効いてる」

「たしかに、焼き浸しなら冷えてもうまいね」

「でも、焼いていないとうま味がもう一つだろうな」

「そのとおりです。焼きすぎてもいけないので、加減が難しいのですが」

一枚板の客たちに向かって、時吉はそう講釈した。

「手が空いたら、ちょいと顔を貸せ。ここは弟子に任せるから」

頃合いと見て、長吉が声をかけた。

「承知しました。……では、皆さんごゆるりと」

客に頭を下げると、時吉は師のあとに続いた。

二

「ときどき、『うまうま』ってしゃべるんだけど、まだそれだけね」

歩く稽古で疲れたのか、眠ってしまった千吉を背に負うたおちよが言った。

「そのうち、うるさいくらいにしゃべるようになるぜ。おまえだってそうだったんだからよ」

と、長吉。

「憶えてないわねえ」

「憶えててたまるかよ。だいたい、赤子が初めにしゃべる言葉ってのは、案外妙なもんだったりするみたいだ。うまうま、ってのはべつにして」

「あたしはどうだったの？」

おちよがわが胸を指さした。

「言ったことなかったか?」

「知らないよ」

「なら、教えてやろう」

「うん」

「おまえは大きな声で『ありがたくぞんじまちゅ』って言ったんだ。死んだかかあが大笑いしてたさ。いつのまにか、見世で言ってることを憶えたって」

長吉の目尻に、笑いじわがいくつも寄った。

こわもての料理人だが、笑うと急に親しみやすい表情になる。

「のどか屋のおかみには、なるべくしてなったわけだな」

時吉も笑った。

「たしかにそうねえ。いまだにおんなじことを言ってるから」

と、おちよ。

「で、そののどか屋の話だが……こたびの出張はどうするんだい、時吉」

長吉はやおら話の勘どころに入った。

「はい……天秤ばかりみたいに思案が揺れていたのですが、少しずつ味が決まってきたようです」

　その答えを聞いて、おちよの顔つきがわずかに変わった。

　長吉屋の裏手に月あかりが差している。蔵と言うほど構えたものではないが、材料や道具が中に入っている。棚には漬物やたれなどの瓶も並んでいた。

　天気がよければ、蔵の裏手で干物をつくる。そのせいで、場にはそこはかとない魚臭が漂っている。その匂いに誘われた猫が、いまひょいと向こうを渡った。

「行くほうへ揺れてきたか」

　長吉は問うた。

　答える前に、時吉はおちよの顔を見た。

　行くか、行かざるか。

　味つけが決まってきたとはいえ、すべてはおちよ次第だ。「行っておくれでないよ」とすがる手を振り切ってまで行く気はなかった。

「元藩士だから、お殿さまのもとへ行くの？　おまえさん」

　おちよは芯のあるまなざしでたずねた。

「それは違う」

　時吉はただちに答えた。

「刀は捨てたつもりだ。もう二度と人を殺《あや》めたりしないように」

その言葉に、おちよはゆっくりとうなずいた。

まだ大和梨川の藩士だったころ、時吉は苦い経験をした。剣の遣い手だった時吉に目をつけた伯父は、大目付の有泉一派と結託し、藩政を牛耳《ぎゅうじ》ろうと企んだ。そのための道具として、時吉はいいように使われてしまったのだ。

磯貝徳右衛門と名乗っていた若き日の時吉には、そのような事情は読めなかった。伯父から吹きこまれるままに、「悪しき者を討つ」という思いで剣を振るっていた。

だが、誅《ちゅう》すべき者は逆だった。わが身をいいように操っていた伯父と、その後ろで糸を引いていた大目付の有泉一族こそ、大和梨川藩にとっては獅子身中《しししんちゅう》の虫だったのだ。

遅まきながらそれに気づいた時吉は、伯父と有泉一族を誅するために獅子奮迅《ふんじん》の働きをした。一時は追われる身となり、辛酸《しんさん》をなめたが、結局は悪しき者たちは一掃された。病弱で藩政にあまりたずさわれなかった藩主は、いまだにそのときの時吉の働きを徳としているらしい。

のちに藩士に復帰しないかと声をかけられたが、無知だったとはいえ、罪なき者を斬ってしまった刀を再び腰に差す気にはなれなかった。

刀は人を殺めるが、包丁は違う。たとえ生《しょう》のものを殺めても、それは料理にかたちを変えることができる。首尾よく成仏《じょうぶつ》させれば、心をほっこりさせ、身の養いにもなる。

「あくまでも包丁人として、深い縁《えにし》のある殿に……殿が身罷られる前に、江戸の料理をいま一度召し上がっていただきたい。そう思うようになった」

時吉はかみしめるように言った。

おちよが再びうなずく。

「のどか屋を留守にして大和梨川へ赴くのは、まさに断腸の思いだ。千吉はまだ小さい。できることなら、ずっと江戸にいたい。ちよと千吉と一緒にいたい。のどか屋のなじみのお客さんに、料理をふるまっていたい。さりながら……」

一つ息をついてから、時吉は続けた。

「このまま江戸にいて、殿が身罷られたという話を耳にしたら、途方もない悔いが残るだろう。せめてもう一度、江戸の料理を食べたかった。なつかしい江戸の味をこの舌で味わってから世を去りたいという願いを叶えることなく、殿が儚《はかな》くなられたと聞けば、おそらく強い後悔にさいなまれるだろう。それは嫌だ、いたたまれない、とだんだんに思うようになってきた」

「料理人冥利《みようり》だからな。名指しで話を持ちこんでくれるのは」

いつもより落ち着いた声で、長吉は言った。

「ええ、そう思います。この江戸に料理人が何人いるか分かりませんが、わたしが総身に引き受けて、江戸の料理の看板を背負って行くわけですから」

時吉は引き締まった表情で答えた。

「いいお殿さまだったのね、おまえさんにとっては」

月をちらりと見て、おちよが言った。

「ああ。いくたびも、優しい言葉をかけていただいた。御身が病弱であるにもかかわらず、体を労《いたわ》れ、と。そういうお方だった」

いくらか遠い目で、時吉は答えた。

「民にも慕われていたのか」

と、長吉。

「はい。大和梨川はあまり豊かな土地ではなく、人々の暮らしはいたって貧しいものでしたが、年貢の苛斂誅求《かれんちゆうきゆう》はせぬように、田畑《でんぱた》を開拓し、新たな作物を植えて少しでも民が豊かになるようにと考えられていました。いま少しお体が頑健であれば、英明な名君として江戸にまで名が響いていたかもしれません」

「なるほど、その名君も病には勝てず……」

長吉は言葉を呑みこんだ。

「ええ。おいたわしいことです」

時吉はそう言って目を伏せた。

「おまえの気持ちは、さっき料理をつくってたときに分かった」

長吉が言った。

「さきほどですか？」

時吉は目を上げてたずねた。

「そうだ。鰤の付け焼きのときは、こういうものは盆地では出せないと思っていた。それから、山のものであっても、あつあつでこその料理はお毒味があるかもしれないからやめたほうがいいなどと考えていた」

「はい……たしかに、そうでした」

師匠の眼力の鋭さに感服しながら、時吉は答えた。

「おまえのなかの料理人は、とうに大和梨川へ行くつもりだったんだろうよ。ま、あとのことは心配するな」

「軽く言うわねえ、おとっつぁん。この子だっているのに」

おちよがちらりとうしろを見る。

「千吉の相手なら、おれがいくらだってしてやる」

孫に甘い長吉が言った。

「のどか屋はどうするの？」

「おまえだって料理人の娘だ。時吉が上方《かみがた》へ行っても、代わりにおまえがやればいい

……と言いたいところだが」

長吉は口調を変えた。

「おまえの料理は味に深みがないから駄目だって言いたいんでしょう」

「そこまでは言ってないさ。ただ、時吉の味に比べたら、ずいぶんと淡泊《たんぱく》でじわっと来るものがない」

父は厳しいことを言った。

「おんなじことじゃないの」

「まあ、そうだな。というわけで、おまえに任せといたら、のどか屋の客が離れちまうかもしれねえ」

「なら、どうすればいいの？　そもそも、千吉の世話があるんだから、厨に入りっぱなしっていうわけにもいかないよ」

おちよが少し口をとがらせた。

「そのあたりは、おれに思案がある」

長吉は軽く胸をたたいてから続けた。

「うちの見世には弟子がたくさんいる。そのうちのれん分けをして、檜の一枚板のある見世をそいつにゆかりのある町に出す。その前に、度胸をつけさせるために、うちでも一枚板の前に立たせている。料理をつくる腕は一人前でも、それだけじゃ見世は立ちゆかねえ。お客さんをどうあしらうか、話をしながらどういう間合いで次の料理をお出しするか。料理人が勉強しなきゃならねえことはたんとある」

「分かったわ」

おちよが笑みを浮かべた。

「そういった腕の立つお弟子さんを回してもらえるのね」

「そのとおりだ。料理については、もうあらかた教えてある。おまえみたいに味がぐらぐらすることもねえ」

「悪かったわね」

「今日はしょっぱくて、明日は甘すぎたりしたら、その見世の味にならねえからな。ま、とにかく、腕に不足がないやつを遣わしてやろう。かまわねえだろ？　時吉」

「そりゃあ、もう」

時吉はすぐさま答えた。

「のどか屋が心配じゃないと言ったら嘘になりますが、腕の立つ料理人が厨に入ってくれるのならひとまず安心です」

「のれんに傷がつかねえようにさせるからな。任せとけ」

長吉は腹をぽんと一つたたいた。

「ちよ、おまえも飾り包丁と客あしらいを教えてやってくれ」

「飾り包丁だけはお墨付きが出るのね」

と、おちよ。

「おまえが器用に包丁でつくるむきものは天下一品だ。味がついてなきゃ、だれにも負けやしねえ」

「なんか、引っかかりがあるわねえ」

おちよがほおを軽くぷうっとふくらませた。

「それに、おかみとしての客あしらいも言うことなしだ。うちの弟子は、そのあたりが甘いやつが多い。一生、人に使われて、厨の奥で黙って包丁を動かしてりゃいいっていうたちのやつもいるだろうが、自前ののれんを出そうっていう心意気なら、声が出なきゃ話にならねえ」

「あいさつも料理のうちだからね」

「そのとおりだ。なかには『ありがたく存じます』の声すらろくに出ねえやつもいる。そこんとこを、よくよくのどか屋で教えてやってくれ」

「それだったら、大の得意だわよ」

おちよはまた笑って答えた。

「なにしろ、初めてしゃべったのが『ありがたくぞんじまちゅ』だったんだから」

おちよが子供の声色《こわいろ》を使うと、長吉屋の裏手でまた笑いの花が咲いた。

第三章　浅蜊《あさり》酒炒り

一

「牡猫ってのは、ふらりと姿を消したりするものだがね」

一枚板の席で、隠居が言った。

「ええ、前にもゆくえをくらましたことがあったんですけど、こんなに長いのは初めてだから心配で」

おちよが顔を曇らせた。

のどか屋の猫のなかでただ一匹の牡猫のやまとが、いつのまにか姿を消してしまった。黒と白のぶち猫で、顔の模様が故郷の大和梨川のかたちに似ていたところから時吉が「やまと」と命名したのだが、町じゅうを探しても見つからない。見世先には好物のおかかを出してやっているのだが、匂いに釣られて姿を見せたりもしない。

「ま、そのうちふらっと帰ってくるさ。……うん、甘え」

そう言って表情を崩したのは安東満三郎《あんどうみつさぶろう》、のどか屋の常連の一人だ。

将軍の荷物を運んだり触れを出して回ったりする黒鍬《くろくわ》の者の組は三つあるが、公にはないことになっている四番目の組がある。その「黒四組」のかしらが、あんみつ隠密こと安東満三郎だった。

神出鬼没の隠密仕事に携わる安東は面妖な舌の持ち主で、とにかく甘いものに目がない。甘ければ甘いほどいいというのだから変わった御仁だ。人が「うまい」と褒めるところで、「うん、甘え」と相好《そうごう》を崩す。のどか屋とは縁あって常連になり、ずいぶん日数が経ったから、何を出せば喜ばれるかすっかり手の内に入っていた。

「猫捕りがうろうろしてたら、ちょいと事だがな」

「ここんとこ、見かけないがなあ、猫捕りのやつは」

「やまとみたいな小汚い牡猫は狙わねえだろう」

「聞いたら気を悪くするぜ」

「ふうっ、てか」

座敷に陣取った大工衆が口々に言う。

もう日は落ちて、外はすっかり暗くなった。大和梨川藩の二人がいまにものれんをくぐるかと、時吉もおちよも待っているのだが、まだ姿を見せない。

「のどかもちのも、気をつけるんだよ」

おちよが言うと、茶とら模様の猫たちは入れ違いでふわあっと伸びをした。二匹とも愛想がよすぎて猫捕りにも身をすりよせそうだから案じられる。

もう一匹のみけは千吉にむんずとしっぽをつかまれたのに懲りたのか、二階へ逃げたきり下りてこない。もっとも、千吉は階段を上るだけなら這い這いで上れるようになったから、猫も安閑《あんかん》としてはいられなかった。

「柿と和《あ》え衣《ごろも》がほんのりと甘くていい感じだね、わたしのほうは」

季川が小鉢を箸で示した。

干し柿と銀杏《ぎんなん》の白和えだ。

干し柿は按配よく色づいて甘くなるまで、のどか屋の見世先に吊るしておいた。それもまた見世の引札（広告）みたいなものだ。

こうして機の熟した干し柿はへたを取り、二枚にそいでから細く切っていく。おちよが近くの寺に断ってからもらってきた銀杏は、鬼皮を剝き、さらにゆでて薄皮も剝く。そして、縦二つに切っておく。

和え衣は、水気をよく切った木綿豆腐、胡麻、醤油、味醂、砂糖に塩。これらをすり鉢でよくすり、干し柿と銀杏を和えてお出しする。甘いものに目がないあんみつ隠密の分にだけは、もちろん砂糖がふんだんにかかっていた。

「干し柿、銀杏、それに豆腐。どれも脇役が似合いの食材ですが、そういった脇だけで芝居をやったらいい感じに仕上がったりするんです」

　時吉は講釈した。

「そうだね。銀杏の苦みも脇でよく効いてるよ。酒の肴にぴったりだ」

　隠居はそう言って猪口の酒を呑み干すと、いくらか表情を変えて続けた。

「でも、これだけの腕があるのに、まだ修業をしなきゃならないかねえ。わざわざ上《かみ》方《がた》くんだりまで出かけていって」

「料理人はいつまで経っても修業ですから。それに、お伊勢参りもしておきたいと思っていたので」

　時吉がのどか屋を離れるにあたっては、方便《ほうべん》がいる。万が一、藩に迷惑がかかるようなことがあってはならないから、そういう作り話をこしらえておいた。

「いいのかい？」

　季川はおちよの顔を見た。

「言っても聞かないので、仕方がないですよ。お伊勢参りで運を背負ってきてくれればいいかな、と」

おちよも芝居に加わった。

「のどか屋はどうするんだい？　赤子がいるのに、おかみが一人でやるのかい」

安東がたずねた。

「いいえ、おとっつぁんの見世から腕の立つお弟子さんに来てもらう段取りになってます。今後ともよしなに」

座敷にもちらりと目をやって、おちよは答えた。

「あるじの留守中に足が遠のいちまったら、申し訳が立たねえからな」

「もう二度とのれんをくぐらせてもらえねえぞ」

「見世が忙しいときは、おれらも手伝ってやらあ」

気のいい大工衆はつゆほども疑っていなかった。

時吉が次に出したのは浅蜊の時雨煮《しぐれに》だった。これも江戸の味だが、山のほうでは出せない。どうしたものかと思案しながらつくっていた。

浅蜊は薄い塩水に一昼夜浸けておく。こうして砂を吐かせたあと、殻と殻をこすり合わせるようにしてよく洗う。汚れが取れたら、ざるにあげて水気を切る。

こうして下ごしらえを終えた浅蜊を鍋に入れ、まず酒で煮る。貝の蓋が開いたら再びざるに取り、ゆで汁と浅蜊に分ける。浅蜊は木の匙をていねいに用いてむき身にし、ゆで汁はこしておく。

段取りは進む。ゆで汁を鍋に入れ、醤油と味醂と砂糖を加える。甘辛い江戸の味つけだ。ここに浅蜊のむき身を投じ、沸いてきたらあくを取る。

さらに、臭みを取って味に深みを出すために生姜《しょうが》のせん切りを加える。最後に落とし蓋をして、煮汁があらかたなくなるまでことことと煮詰めていけばできあがりだ。

「深いねえ、この味は」

隠居がうなる。

「これなら、おれの舌でも大丈夫だ」

あんみつ隠密も笑った。

そのとき、待ち人が現れた。

のれんが開き、二人の勤番の武士がのどか屋に入ってきた。

二

「なら、おれらはそろそろ」

大工衆のかしら格の男が腰を上げた。

二人の武家の表情を見れば、座敷をあけたほうがいいことはすぐ察しがついた。

「すまんな」

国枝幸兵衛が声をかける。

「なんの、大工は朝が早いんで」

「のどか屋の料理と酒があんまりうまいから、つい長居をしちまった」

「おれらはいま出ますんで、どうぞごゆっくり」

こうして大工衆が去り、おちよが片付け物を済ませると、原川と国枝は座敷でどっかりとあぐらをかいた。

「御酒はいかがいたしましょう」

おちよが問う。

「ああ、頼む」

「肴はありもので」

「承知しました」

「あるじ、手が空いたらこちらへ」

原川は言ったが、国枝はすぐさま、

「まだ早いんと違うか」

と小声で言って、一枚板の席のほうを見た。

安東満三郎の耳には、できれば入れたくない話だった。公儀の知るところとなっても、すぐ藩政に関わるような一大事というわけではないが、万が一にも問題になったら取り返しがつかない。

「何か密談かい？」

それと察したのかどうか、安東が時吉にたずねた。

「い、いえ、そういうわけではないんですが」

時吉は要領を得ない話をした。

「ちょっと郷里《くに》のほうで……」

そう言いかけた国枝を、原川が咳払いで制した。

相手は黒四組の組頭だ。勘ばたらきが鋭い。わずかな言葉尻だけで何か嗅ぎつけてしまうかもしれない。

「ふーん、まあいいや。……あるじ、今日はもう甘えものは出ないかい」

あんみつ隠密は時吉にたずねた。

「相済みません。本日はもうとりたてて甘いものは……」

「そうかい。なら、そろそろ引き上げよう。また来るよ」

安東はさらりと言うと、勤番の武士に会釈をしてから見世を出ていった。

残る客は季川だけになった。

「わたしもいないほうがいいかい？　難しい話のようじゃないか」

さすがは年の功で、隠居はいち早く察して言った。

「いや、ご隠居だけなら」

「聞いた話は、これ、ということで」

国枝は唇の前で指を一本立てた。

「口は堅いほうですから、だれにも話したりはしませんよ」

季川はそう請け合った。

「あたしはこの子を寝かしてきますので。……これ、おいたをしちゃだめよ」

おちよは千吉に言った。

足も悪いし、まだ歩けるわけではないのだが、這い這いはずいぶん速くなった。そのせいで、ちょっと目を離した隙に思わぬところまで動いて、大事な壺の蓋を開けたりする。あきない物を狙う猫たちに、もう一匹大きな猫が交じったような按配だった。

「浅蜊の時雨煮がございます。ほかにも浅蜊で肴をおつくりできますが、いかがいたしましょう」

時吉はかつての同僚にたずねた。

「ああ、頼むわ」

「まずは一杯呑んでからや」

「承知しました」

時吉はまずのれんをしまい、軒行灯《のきあんどん》の火を落とした。

遅くなっても、ふらりと町の衆が顔を覗かせたりする。ありがたいことだが、今夜はいささか間が悪い。

酒の燗がついたころ、千吉を寝かし終えたおちよが下りてきたから、酒を座敷に運んでもらった。

次の肴もできた。

浅手の鍋に油を引き、小口切りの青葱とみじん切りの生姜を炒めて香りを出す。そこへ浅蜊を投じ入れ、酒をさっと回しかけて蓋をする。

浅蜊の口が開いたら手早く混ぜ合わせ、あつあつを盛ってお出しする。香りが何とも言えない浅蜊の酒炒りだ。

「こら、うまい」

一口食べるなり、国枝幸兵衛が表情を崩した。

「さすがやな。浅蜊の身もやわらかい」

原川新五郎も和す。

「ほんとに、こんな腕があるのにまだ上方へ修業に行くとは」

一枚板の席に残った隠居の言葉を聞いて、二人の勤番の武士は思わず顔を見合わせた。

「見世のお客さんには、そういうことにしてあるんです」

時吉は言った。

「本当のことは言えませんからね」

おちよがいくらかあいまいな顔つきになる。

「すると、あるじ……」

原川が箸を置く。

「行ってくれるのか、大和梨川へ」

国枝は何度も瞬きをした。

「上方へ料理の修業に行くんじゃなかったのかい、時さん」

少し驚いた顔で、季川がたずねた。

「ええ。それは方便で」

時吉はそう答えて藩士の顔を見た。

「これは、だれにも言わないでくれ、ご隠居」

原川は座り直した。

「それはもう。お迎えが近い墓場まで持っていきますよ」

隠居は縁起でもないことを口走った。

その言葉を聞いて、勤番の武士はいきさつをかいつまんで述べた。

「……というわけや。なんとか殿に、いま一度、江戸の料理をと思ってな」

語り終えた偉丈夫の原川の目がうるんでいた。

「元藩士としての恩義もありますが、なにより江戸の料理人として参らせていただきたいと存じます。どうかよしなに」

時吉は改めて礼をした。

「礼を言わんならんのは、こっちや」

国枝が礼を返した。

「子供もまだ小さいのに、無理難題を押しつけて、申し訳ないことやと思う。しかし、このまま身罷られたのでは、殿があまりにもおかわいそうで……」

小柄な武士は着物の袖で目元をぬぐった。

「おかみにも、申し訳ない」

と、原川。

「いえいえ、もったいないことでございます。江戸でいちばんの料理人として白羽の矢を立てていただいたのですから、包丁を握る者にとっては何よりの誉《ほま》れです。しっかりお気張り、と快く送り出すのが女房のつとめですから」

おちよは気丈に言った。

隠居がうなずき、猪口の酒を呑み干す。

「のどか屋にはいままで育ててきた人の花が咲くから、案じずにつとめを果たしてきておくれ、時さん」

「ありがたく存じます。師匠の弟子も厨に入ってくれるそうなので、それほど案じてはいないんですが」

「なら、安心だね。お客さんもみんな盛り立ててくれるよ」

「ええ」

蚊帳《かや》の外に置かれているのどかが、ふわあっと大きなあくびをした。

それを機に、場の雰囲気がいくらか変わった。

「なんにせよ、ありがたいことや」

「あとは段取りだな」

二人の武家が顔を見合わせる。

「向こうの料理人には話が通じているのでしょうか」

いささか気になって、時吉はたずねた。

かつて畏《おそ》れ多くも上様の料理をおつくり申し上げたことがある。その際は、御城の料理人にいい顔をされなかった。

「それは大丈夫や」

国枝がすぐさま答えた。

「国元の料理人はほとほと困り果てているらしい。殿からは『江戸の料理を』と言われる。そやけど、大和梨川から一歩も出たことのない料理人や。江戸の料理を出せと言っても無理な話やないか」

「たしかに、それは困るかもしれません」

わが身に置き換えて考えてみると、料理人の苦労はよく分かった。

「江戸から濃口の醤油を取り寄せたりしたらしいんやが、それだけで江戸の料理になるはずもない。殿は英明な方だが、病のせいもあって気が短くなられている。なかには、叱責を受けて気の病になった料理人もいると聞いた」

原川は少し気の毒そうに言った。

「やっぱり、江戸の料理人じゃないとむずかしいでしょうな」

と、隠居。

「ご隠居の言うとおりや。そういうわけで、のどか屋だけが頼りなんやわ」

国枝はそう言って、軽く両手を合わせた。

「なら、命《いのち》のたれも持っていかないといけないわね、おまえさん」

肚《はら》をくったおちよは、前向きに段取りを考えはじめた。

「ああ、もちろんだ。瓶に入れて、背負っていく」

「ほかにも、お醤油に味醂に煎酒《いりざけ》、味噌にお漬物……荷車がいるかも」

「それはちょっと無理だな、おかみ」

小首をかしげたおちよに向かって、原川は言った。

「なぜでございます？」

「大和梨川は四方を山に囲まれた盆地だ。どこから入ろうとしても険しい峠になる。小人数で荷車を押していくのは、あまりにも大儀だ」

「それに、いまは冬や。結構、雪が積もるんでなあ、大和梨川は。ことに、風花峠《かざはな》のあたりは」

国枝も和した。

「風花峠、ですか」

「名前は風流やけどなあ、おかみ。雪が積もれば、難所中の難所になる。うっかり足を滑らせて、崖の底へ落ちてそれっきりになった者も多い」

それを聞いて、おちよの表情がにわかに曇った。

「そういった死んだ者のたましいが風花になって舞う、と言われてる。そんな険しい峠を、荷車で通るわけにはいかん」

原川は腕組みをしてうなずいた。

「もうちょっと楽な道になれば、東のほうから物も入ってくるんやが」

と、国枝。

「西のほうからの道はそうでもないんでしょうか」

隠居がたずねた。

「峠に変わりはないけどな。風花峠に比べたら楽なもんや」

「大八車も通れる。京からはそれなりに物も入ってくるんや」

「なるほど、そうすると料理も京風で、江戸風のものは入ってこないわけですね」

「そや。大和のいちばん端の無いようなところやからな」

やや自嘲気味に国枝が言った。

「大和であって大和ではないような土地。だから、大和で無し川、そこから大和梨川になったという説もあるくらいですから」

時吉が講釈した。

「大和は国のまほろば、と言われるけれども、お国はそんな感じではないわけですね」

と、季川。

「京や奈良の人には鼻で笑われるような田舎や。江戸の人は、そもそも大和梨川なんてどこにあるのか知らん。そんな貧しい土地の小藩で、殿はずいぶんとご苦労されたと思う。民のことを考え、あまりぜいたくはされなかったお方や。その殿が、せめてもう一度、本物の江戸の味を食べたいと……」

国枝はにわかに声を詰まらせた。

「できるかぎりの荷物は背に負うて運ぶぞ、あるじ」

原川が請け合った。

「わたしも運びます。包丁などの道具もありますから」

気の入った声で、時吉は言った。

「なにぶん山国で、海の物は入ってこない。そのなかで、どうやって江戸の味を出していくか、あるじの腕の見せどころやで」

「はい」

「これも一世一代の料理になりそうだね、時さん」

いつもとは違う顔つきで、季川が言った。

「ええ。かさ張らずに日もちのする物なら運べますから、もう仕込みが始まっているつもりで取り組みます。あとのことは、よしなに」

「ああ。みなでおちよさんを盛り立てるから」

隠居が言うと、座敷の隅でしっぽをなめていたのどかが、何を思ったのか急に「みゃあ」とないた。

「おまえらもよろしくな」

時吉は声をかけた。

(わかってるわよ。任せときなさい)

のどかはそんな表情で、またべつのところをぺろぺろなめだした。

「というわけや。よしなに頼む、おかみ」

猪口の酒を呑み干すと、原川は改めて言った。

「こちらこそ、よしなに」

おちよが頭を下げる。

あとは細かい段取りの話になった。出立は早いほうがいい。好日が選ばれ、時吉がのどか屋を出る日が決まった。

第四章　利休飯《りきゅうめし》

一

出立までの短い日数のあいだに、時吉はほうぼうをたずね歩いた。

まず訪れたのは、龍閑町《りゅうかんちょう》にある醤油酢問屋の安房屋《あわや》だった。

文政七年の大火で神田三河町にあったのどか屋が焼け出されたとき、多くの人命が失われた。俳人の大橋季川と並ぶのどか屋の知恵袋だった安房屋辰蔵《たつぞう》も、犠牲になった一人だった。

安房屋も焼けてしまったが、たった一つ残った蔵と人のつながりを頼みに、息子の新蔵《しんぞう》は懸命に立て直しを図った。

その努力の甲斐あって、安房屋はかつての勢いを取り戻した。あれからもうじき四年になるが、蔵もだんだんに増え、人も戻ってきた。久々に訪れた醤油酢問屋には、昔日《せきじつ》と同じ活気があった。

安房屋ばかりではない。先の大火でやられた鎌倉河岸《かまくらがし》も、大工たちの働きで建物はすべて真新しく生まれ変わった。

(この町に、火なんか出たのかよ)

すっかりそんなたたずまいになっている。復興は成ったのだ。

時吉が安房屋を訪れたのは、大和梨川へ運ぶ調味料を仕入れるためだった。むろん、のどか屋でいま使っている醤油などを瓶に詰めて運んでもいいのだが、これぞ江戸の味という料理をお出しするためには、ここは改めて最も上等なものを仕入れておきたかった。

客がだれかということは伏せておいたが、大事なお客さまのために上方へ出張料理に行くと時吉が告げると、面差《おもざ》しがいちだんと辰蔵に似てきた当主の新蔵の表情が引き締まった。

「江戸の味を、大事なお客さまに召し上がっていただくために、手前どもの品をお使いいただくわけですね。それは問屋冥利に尽きます」

すっかり板についたあきんどの物腰で、新蔵は頭を下げた。

「ただ、難儀な峠を越えなければならないので、あまり荷は増やしたくないんです。大勢のお客さまに料理をふるまうわけじゃない。だから、小瓶に入っている上等な醤油があれば助かるんですが」

「かしこまりました。当てがございますので、しばらくお待ちくださいまし」

ややあって、新蔵が奥から持ってきたのは、小ぶりの瓶に厳重な栓が施された品だった。青みがかった釉薬《うわぐすり》がすがしい瓶は二本あった。

「野田のジョウジュウから取り寄せた醤油でございます。こちらが濃口、『溜』と焼き印が入っておりますのがたまり醤油になります」

「ほう、これは上等そうだね」

時吉は瓶を手に取った。

二合徳利ほどの大きさで、醤油瓶としてはずいぶん小さい。

「もし大火になっても残るように、醸造元が土の中に埋めて大事していたもろみからつくった醤油ですから、ことに風味がよろしいです。安房屋ののれんにかけておすすめできる逸品でございますよ」

新蔵の声に力がこもった。

「これなら江戸の味が出せるね」

時吉は笑みを浮かべた。

「はい。このお醤油にのどか屋さんの腕があれば、さぞや忘れがたい江戸の味になりましょう」

「ありがたい。では、味醂も最上のものをいただくことにしましょう」

「承知しました」

新蔵は再び奥に入り、流山《ながれやま》から取り寄せた最良の品を持ってきた。

醤油も味醂も一流、ここにのどか屋の命のたれと煎酒などが加わる。味噌はべつの問屋から、江戸ならではのこくのある甘味噌を仕入れてある。これでかなり準備が進んだ。

「では、お気をつけて行ってらっしゃいまし」

深々と頭を下げた新蔵に見送られて、時吉は安房屋をあとにした。

しばらく河岸沿いを歩いた。

あの日は人々が逃げ惑い、我先にと水へ飛びこんだ河岸も、昔と同じたたずまいだった。今日は穏やかな日和《ひより》だ。冬の日ざしが御堀の水を悦《よろこ》ばしく弾《はじ》いている。

舟が入り、人がそれぞれの方向へ動く。袖にすがって物乞いをする者の姿も、一つの風景としてなじんでいた。

そんな江戸の景色を感慨深くながめながら、時吉がいくぶん目を細くして歩いていると、「もし、のどか屋さん」とうしろから声をかけられた。

振り向くと、そこになつかしい顔が立っていた。

鎌倉町の半兵衛《はんべえ》、ここいらを縄張りとする十手《じって》持ちだ。

「おや、これは親分さん」

「無沙汰《ぶさた》でございます」

足を止め、わずかに腰を折る。

唐桟《とうざん》の着物を本博多《ほんはかた》の帯できりりっと結んでいる。相変わらず、一分《いちぶ》の隙《すき》もないいで立ちだ。

「今日はどちらへ？」

以前と変わらぬ渋い声で、半兵衛はたずねた。

「そこの安房屋さんでちょいと仕入れを。上方に出張料理の用があるもので」

時吉は背に負うた袋を見せた。

「上方へ出張でございますか。それはまた遠くへ」

役者のように整った顔に、驚きの色が浮かぶ。

「難儀な峠を越えていかなければならないんです」

「どうかお気をつけて。無事お戻りくださいまし」

再び腰を折り、手のひらを心持ち上に向けて礼をする。

優雅な身のこなしだった。

「ありがたく存じます」

時吉も礼を返した。

「おかみさんはお元気で？」

「ええ。留守のあいだは、ちよがのどか屋を守っています。よろしかったら、おいでください」

「承知しました。では、くれぐれもお気をつけて。御免くださいまし」

半兵衛はそう言うと、やおらきびすを返し、何とも言えない色気の漂う歩き方で去っていった。

いかにも江戸で生まれ育った男らしいしぐさと様子だった。

そこはかとなく、気をもらったような気がした。

二

いよいよ明日は出立という日に、千吉が熱を出した。

額が熱い。咳もするから、どうやら風邪《かぜ》のようだ。

「清斎《せいさい》先生のところまで、おれが負ぶっていこう」

案じるおちよに向かって、時吉は言った。

「近場にも本道《ほんどう》(内科)の先生はいらっしゃるけど」

青葉《あおば》清斎はかつてののどか屋の常連だが、診療所は皆川町《みながわちょう》だからそれなりに歩く。おちよが案じるのも無理はなかった。

「あまり風に当てないように速足で歩いていくよ。帰りは駕籠《かご》に乗せて、おれだけ走ればいい。清斎先生に相談したいこともあるんだ。どういう料理をお出しすればいいのか、まだ迷っているところもあるので」

「そう。なら、仕方ないわね。千ちゃん、おとっつぁんにつれてってもらい。すぐよくなるからね」

「薬をもらったら、よくなるからな。それに、先生に足も診てもらおう」

時吉は息子にほほ笑みかけた。

「じゃあ、気をつけて」

「ああ、頼む」

時吉は厨に向かっていった。

すでに長吉屋から弟子が一人入っている。大和梨川へ持っていく煎酒や佃煮などはもう仕込みを終えた。あとは清斎先生との相談を終えれば、やり残したことはひとまずなくなる。

岩本町ののどか屋から、かつてのれんを出していた三河町に近い皆川町まで、木枯らしの吹く町を時吉は歩いた。

途中で白と黒のぶち猫を見つけた。

「やまと！」

思わず声が出たが、よく見るとしっぽの長さが違った。のどか屋で飼っていた牡猫は、まだ帰ってこない。

「よしよし、もうじき着くからな」

背で泣きだした千吉に向かって、時吉は言った。

そのうち、背中がじわっとあたたかくなった。千吉が小便を漏らしたのだ。

べつに嫌だとは思わなかった。そのあたたかさが何とも言えなかった。

(しばらくは、父として何もしてやれなくなってしまう。

許せ、千吉。

おれは行かなければならない。

病み衰えた殿のもとへ、江戸の料理人として、風花峠を越えて行かなければならないんだ。

おっかさんの言うことを聞いて、いい子にしてるんだぞ)

背中の息子に向かって、時吉はそう言い聞かせた。

名利を求めぬ名医とあって、青葉清斎の診療所には患者が詰めかけていた。本来ならもっと待たされるところなのだが、時吉が息子を背負ってきたことを確認すると、清斎は順を早めて診てくれた。

「いまのところは、ただの風邪です。薬を欠かさずのんで、あたたかくして安静に過ごしていれば、おのずと本復《ほんぷく》いたしましょう」

清浄な白い作務衣《さむえ》に身を包んだ総髪の医者は言った。

「ありがたく存じます」

ほっとする思いで、時吉は頭を下げた。

「足はわたくしの力でどうなるものではありませんが、あきらめずに粘り強く歩く稽古をすれば、いずれは杖を頼りに歩けるようになるでしょう」

「たとえ亀のごとき歩みでも、歩くことができれば」

時吉はそう言ってうなずいた。

「千吉ちゃんの努力次第では、人並み、いや、それ以上の速さで歩けるようになるかもしれません。左足の向きはたしかに曲がっていますが、地にはついていますから、こつを覚えれば意外に歩けるものなんですよ」

清斎は温顔でそう言ってくれた。

千吉の診立てが終わったところで、時吉は次の用件に移った。

ほかの患者も診察を待っている。いつもより口早に、勘どころだけをかいつまんで告げた。

清斎は折にふれてうなずきながら聞いていた。そして、やおら口を開いた。

「その患者さんには、もう望みはないのですね？」

「ええ。残念ながら打つ手がなく、あとは苦しまずに逝くのを見送るばかり、とうかがいました」

胸がつぶれる思いで、時吉は答えた。

「ならば、是非もありません」

医者はゆっくりとうなずいた。

「もちろん、痛みをやわらげる薬をお与えすることも大事ですが、それは医者のつとめです」

「ええ」

「料理人としては、本来なら薬膳の理にかなった料理をお出しして病の本復《ほんぷく》を図るところですが、もはやそれも叶わないとなれば……」

清斎は一つ座り直してから、あとの言葉を続けた。

「ご病人が本当に召し上がりたかったもの、いま一度食べてみたいと願っているものをおつくりするのがいちばんだと思います」

「そのご病人は、江戸の味をいま一度、と願っておられるそうです」

時吉は言った。

「のどか屋さんのご常連だったのでしょうか」

「いえ、そういうわけではないのですが……」

「ならば、あらかじめ好みの料理などは分からないわけですね」

「そういったくわしいことまでは」

やや不安を覚えつつ、時吉はうなずいた。

「そういうことなら、時吉さんが『これぞ江戸の味だ』と思われるものをお出しするしかないでしょうね。ただ……」

「ただ、何でございましょうか？」

いくらか言いよどんだ清斎に向かって、時吉は問うた。

「命終《みょうじゅう》が近い病人は、五臓六腑《ごぞうろっぷ》も気も衰えているものです。そういう方に、つくり手が挑むような料理を出してはいけません」

清斎は軽く竹刀《しない》を振るようなしぐさをした。

「なるほど……肝に銘じます」

「大川の水が上手《かみて》から下手《しもて》へとごく自然に流るるがごとく、病み衰えてしまった人の口にさらさらと流れこんでいくようなやさしい料理が望ましいかと存じます」

「分かりました」

時吉は一礼した。

来てよかった、と思った。

迷いを断つひとすじの光明《こうみょう》が見えたような気がした。

長居はできないし、千吉を早く連れて帰って休ませねばならない。

「ありがたく存じました。おかげさまで、助かりました」

礼を述べると、時吉は腰を上げ、青葉清斎の診療所を辞した。

三

「なら、明日から頼むよ」

厨から上がる弟弟子に、時吉は声をかけた。

「は、承知しました」

受け答えはいささか頼りないが、料理の腕はちゃんとしている若者はぎこちない礼をした。

「時さんの料理をしばらく食べられなくなるのは寂しいね」

一枚板の席で、隠居が言った。

「今夜は存分に味わっておかないと」

その横には、人情家主の源兵衛が座っている。

「上方の珍しい野菜があったら、土産にしておくんなせえ」

源兵衛に小者のごとくに付き従っているのは店子《たなこ》の富八《とみはち》だ。野菜の棒手振《ぼてふ》りで、のどか屋にいい品をおろしてくれる。

「京なら珍しい野菜も穫れるんですが、大和梨川は土地が痩せているもので」

と、時吉。

「まあ、なんにせよ、無事帰ってきてくれるのがいちばんだね」

座敷から張りのある声が響いた。

湯屋のあるじの寅次《とらじ》だ。もとから常連の岩本町の名物男だが、娘のおとせと時吉の弟子の吉太郎《きちたろう》が縁あって結ばれてからは、なおさら絆が強くなった。その吉太郎とおとせの見世、巻き寿司とおむすびを出す「小菊」はずいぶんと繁盛し、遠くから求めにくる客までいるらしい。まずはめでたいかぎりだった。

「福猫も帰りを待っていますから」

寅次の隣で、子之吉《ねのきち》がのどかの首筋をなでている。萬屋《よろずや》という実直な質屋のあるじで、見世にはのどか屋から来た猫もいた。

千吉は二階で寝かせてある。薬をのませるのにひと苦労したが、どうにか口に入れてくれた。名医が処方した薬だ。これでゆっくり眠ればよくなるだろう。

ありがたいことに、今夜ののどか屋は千客万来だ。座敷にはなじみの職人衆が陣取っている。隙《すき》がないほどいっぱいのお客さんが来てくれた。

時吉が上方へ出張料理をつくりに行くため、しばらくのどか屋を留守にするという話は、口から口へとずいぶん広まった。おかげで、遠くからも縁のある者たちが顔を見せにやってきてくれた。

昼間は火消し衆が来た。餞別《せんべつ》と道中のお守りまで渡してくれた。江戸は人情の町だ。人の情が心にしみた。

かつて縁があった相模屋《さがみや》という豆腐屋も、どこからかうわさを聞きつけ、餞別代わりだと言って売り物の豆腐を渡してくれた。その自慢の焼き豆腐を使って、時吉は次の料理をつくった。

焼き豆腐と舞茸の吉野煮《よしのに》だ。

焼き豆腐はさざ波切りにする。包丁を上下に波立たせるように動かし、厚くそぐように切る。こうすれば普通に切るより味がよくしみる。

舞茸は石突きを落とし、食べよい房に分けておく。煮汁はだし、酒、砂糖、味醂、醤油、塩で按配するが、こたびの道行きをともにする命のたれと煎酒も加え、味を調えながらつくっていった。

深い、江戸の味だ。

この煮汁に焼き豆腐と舞茸を入れ、茸がしんなりとするまで煮る。頃合いを見て、葛粉《くずこ》を投じてとろみをつけるのが、吉野煮の名のいわれだ。吉野といえば、葛で名が聞こえている。

最後に椀に盛り、おろし山葵《わさび》を薬味に添えてお出しする。のどか屋ではそうしたが、病人に山葵はどうかと思うので、殿にお出しするときは控え、代わりに青物か麩《ふ》などを添えようかと時吉は考えていた。

「お待ちどおさまです。熱いのでお気をつけください」

おちよができたての椀を運ぶ。

「おう、手伝うぜ、おかみ」

寅次がさっと手を挙げて立ち上がった。

「自分が早く食べたいんでしょう」

と、子之吉。

「はは、見抜かれたか」

そんな調子で声が飛び交い、椀が客たちへ次々に渡った。

「こりゃあ、寒い晩にはこたえられないね」

隠居がうなった。

「葛が入るだけで、こんなに違うものかねえ」

家主も感に堪えたような声を出す。

「煮汁がいいから、葛の衣装をまとうと、なおさら引き立つんだねえ」

座敷から、寅次が言った。

「べっぴんのおかみがいい着物を着てるようなもんだな」

「うめえことを言うな」

「なら、この焼き豆腐、おかみだと思って食ってやらあ」

もう酒が回っている職人衆が、戯《ざ》れ言《ごと》を飛ばした。

「これならやさしい味だから、上方のお人にも喜ばれるんじゃないかな」

一人だけ本当のことを知っている隠居が、そう言ってほほ笑んだ。

「だとよろしいんですが」

次の料理の段取りを整えながら、時吉は答えた。

二人の勤番の武士からは、殿の好みを聞きこんであった。料理番というわけではないから細かいところまでは分からないようだが、生《しょう》のものをとくに好まれるということはないらしい。ただし、玉子と貝は好物だというわさだった。

玉子は大和梨川でも手に入るが、貝はおおむね海のものだ。そこで、あらかじめ江戸前の海で獲れたものを佃煮にしてあった。これなら日もちがするから、蓋付きの瓶に入れて運ぶことができる。

浅蜊の佃煮は多めにつくってあった。それを使って、時吉は次の料理を仕上げた。酒も肴も回っている職人衆は、そろそろ締めの頃合いだ。それにはうってつけの一品だった。

まず、茶飯を炊く。茶飯には二つのつくり方がある。炊き上がった飯に茶の粉を交ぜていただくものもあるが、これは呑むほうのお茶で炊く。

煎茶でも番茶でもいいけれど、時吉は濃いめの番茶を用いていた。いろいろ試してみたが、これがいちばんなつかしい味がする。

炊きあがった茶飯は渋めの椀に盛り、すまし汁を注ぐ。これにもみ海苔《のり》をのせ、薬味として茗荷《みょうが》のみじん切りを添えれば、利休飯のできあがりだ。もちろん、これだけでも存分にうまい。

べつに千利休《せんのりきゅう》が考案した料理ではない。利休が信楽《しがらき》焼の茶器を愛《め》でたことにかけて、胡麻を使った料理によく利休の名がついている。信楽の焼き物の肌は、胡麻を散らしたように見えるからだ。

利休揚げ、利休焼き、利休鯛……どれも胡麻を用いるが、この利休飯は違った。同じ信楽でも、焼き物ではなく当地の煎茶を使ったことからその名がついたのだ。

そのように由来こそ違うが、利休の名にふさわしいたたずまいだった。茶飯とすまし汁、それにもみ海苔を配した景色に、なんとも侘《わ》びた味がある。

だが、時吉が思案していたのは殿に供する料理だ。これだけでもうまいが、もっと江戸の味にしたかった。

そこで、浅蜊の佃煮をのせてみた。蛤《はまぐり》の時雨煮《しぐれに》も持っていくのだが、数に限りがある。のどか屋では浅蜊のほうを出した。

「順々にお持ちしますので。まずはお座敷から」

おちよが笑顔で盆を運んでいった。

「おっ、来たきた」

「佃煮の茶漬かい？」

「茶飯と茶漬は違うだろうよ」

「ま、なんにせよ、うまそうだ」

職人衆が次々に椀を取っていく。

「いただくよ」

寅次が真っ先に食べはじめた。

「うめえ!」

ひと口だけで叫ぶ。

「早《はえ》えな」

「いや、ほんとにうめえ」

「佃煮と茶飯って合うもんだな」

たちまち声が響いた。

「お待ちどおさまです」

一枚板の席の客にも渡る。

「こりゃあ、しみる味だね」

浅蜊の佃煮を味わうようにかんでから、隠居が言った。

「うん、深い」

源兵衛もうなる。

「こいつぁ、青物を入れてくれとは言えねえや」

富八が妙な感心をした。

「酒のあとに食ったら、極楽浄土へ行けそうだな」

「いまちょうど食ってるじゃねえか。勝手に行きな」

「こたえられないねえ」

職人衆はこぞってほめてくれたが、時吉にはまだいくらか迷いがあった。

「上方では、浅蜊の佃煮か、蛤の時雨煮か、どちらでお出しするか迷ってるんです」

時吉は言った。

「蛤でもよさそうだね」

と、隠居。

「佃煮と時雨煮はどう違うんだ？」

家主がたずねた。

「醬油と酒で煮るところは同じなんですが、佃煮のほうがよく濃く煮詰めていくという感じでしょうか。時雨煮も決して浅くはありませんけど」

「時雨煮っていう風流な名前には、どんないわれがあるんだい？」

俳人でもある季川が問うた。

「時雨というものは、降ったり止んだりしながら通り過ぎていきます。ちょうどそのように、時雨煮を味わっていると、さまざまな思いが現れては消えていきます。味とともに思いが移ろうわけです。そのあたりから時雨煮という名がついた、と師匠からは教わりました」

「なるほど……」

隠居は感慨深げに猪口の酒を呑み干した。

「上方のお人には、そちらをお出しするのも手かもしれないね」

言葉を選んで告げる。

「ええ。ただ、蛤の時雨煮は桑名《くわな》の名物です。江戸の味というわけではないので、そのあたりがいかがなものかと」

「でも、のどか屋でつくったんだったら、江戸の味じゃないか」

と、源兵衛。

「あたしもそう言ったんですけど」

料理を運び終えたおちよが言う。

「まあ、そのあたりは、道々また考えてみます」

その話題はひとまずきりがついた。

夜もずいぶん更《ふ》けてきた。

明日の出立は早い。職人衆を見送ると、おちよは時吉に目配せをしてからのれんをしまった。

隠居や家主たちとは、これでしばしの別れとなる。

「くれぐれも気をつけて」

季川が時吉の肩を軽くたたいた。

「無事のお戻りを」

家主も和す。

「みんな待ってるからね。帰ってきてよ、のどか屋へ」

寅次が明るい声をつくって言った。

「人だけじゃなくて、猫たちも」

子之吉が座敷の隅を指さす。

のどかとちの、しっぽの長さが違う同じ茶とらの猫たちは、きょとんとした顔で人間たちを見ていた。

みけは二階にいる。そこが落ち着くのか、このところは千吉の乳母のような按配だ。

「では、失礼するよ」

「ごちそうさま」

客たちは次々にのどか屋から出ていった。

「毎度ありがたく存じます」

「またのお越しを」

時吉はおちよと並んで見送った。
最後の客の背中が闇に溶けるまで、じっと見送っていた。

第五章　はま吸い

一

その日が来た。

いよいよ江戸、そしてのどか屋と別れて、大和梨川へ向かう時がやってきた。

七つ（午前四時）ごろゆえ、まだ空はほんのりと明るんでいるばかりだ。東の方《かた》を見やれば、白くなった底のほうにまだ赤になれない紫色がかすかにたゆとうている。

「ほな、おかみ。すまんことやな」

国枝幸兵衛が本当にすまなそうに言った。

「なにとぞ、よしなにお願いいたします」

おちよがていねいに頭を下げた。

「あるじの身は、われわれが命を賭けても守るゆえ、心安んじて……というわけにもいくまいが、あまり案じずにお待ちいただきたい」

原川新五郎が言う。

二人の勤番の武士のいで立ちは、いつものどか屋へ来るときとは様変わりしていた。何の理由もなく、ひょこひょこと国元へ帰ったりすることはできない。そこで、話を巧みにつくり、しかるべき役を演じることにした。

国枝幸兵衛はいささか貧相だが、人当たりはやわらかくて融通が効く。髷を町人風に改め、思い切って伊勢参りのあきんどに扮した。

麹町《こうじまち》の下り雪駄《せった》問屋・伊勢屋のあるじというふれこみで、富裕な町人を装って光沢のある長合羽《ながかっぱ》をまとっていた。

時吉はそのまま江戸の料理人で、世話になった伊勢の人が亡くなるまでに、かつて食した江戸の味をせめて一口でも食べさせてやりたいという話には、作り話とはいえ真実も影を落としていた。

もう一人の原川新五郎は、国枝とは違って役を演じるのは得手ではなさそうだ。裕福なあきんどの長旅だから、荷物かつぎを兼ねた用心棒くらいは同行するだろう。というわけで、原川は髷といで立ちだけ浪人風に改め、帯刀したまま一行に加わっていた。

「どうか、よしなに」

おちよは原川にも深々と頭を下げた。

「息子さんの具合はどうや?」

国枝が時吉にたずねた。

「薬をのませたので、よく寝れば大丈夫でしょう」

時吉は答えた。

二階で眠っている千吉に向かって、さきほど時吉は「いい子にしておれ」と告げた。

不覚にも涙がこぼれそうになった。

「しばしの別れになるな。すまんことや」

あきんどに扮した国枝は重ねてわびた。

「あら、お見送りかい?」

おちよは門口に出てきた二匹の猫に声をかけた。

「今日は早くえさがもらえると思ったんだろう」

時吉は笑みを浮かべた。

「あとであげるからね、のどかもちのも」

もう一匹のみけは二階で千吉に添い寝しているらしい。やまとは相変わらず帰ってこない。いったいどこでどうしているのか。

まずのどかが、続いてちのが、時吉の目の前でごろんと倒れて腹を見せた。なでて、と甘える。

「よしよし、いい子にしてるんだぞ」

時吉はその場にしゃがみ、両の手のひらを用いて猫の腹をなでてやった。

慣れ親しんでいるはずのその手ざわりが、いつもよりやわらかく、なかなかに離しがたかった。

ごろごろ、ごろごろ、と猫たちが喉を鳴らす。

「さあ、そろそろ行きましょうか」

原川がうながした。

「道中は長いさかい」

と、国枝。

「分かりました」

時吉は立ち上がった。

すでに準備は万端整っていた。

原川が背に大きな袋を負い、醤油などを運ぶ。人目のないところだけ、国枝がたまに交替する。商家のあるじが荷を背負っていたら怪しまれかねないからだ。

時吉も荷を負い、倹飩箱《けんどんばこ》を提げていた。命のたれなど、どうあってもわが手で運びたいものだけを選んだ。

「じゃあ、おまえさん……」

おちよの目に光が宿った。

時吉がうなずく。

おちよは火打ち石を取り出し、魔よけの切り火をした。

その火は、まだ明けきらぬ場に鮮やかに散った。

「どうか気をつけて」

「ああ……達者でな。行ってくる」

しばらく会えない女房に向かって、万感をこめて短く告げると、時吉は同行の二人に目配せをした。

そして、遠い故郷に向かって歩きはじめた。

関所は首尾よく越えることができた。

二

国枝の芝居はなかなかに堂に入ったもので、「せめて江戸の味をもう一口」というくだりでは、関所の役人の目が思わずうるんだほどだった。

出水による川止めもなかった。一行は東海道を滞《とどこお》りなく上っていった。

「ここまでは順調やな」

池鯉鮒《ちりゅう》の宿で国枝が言った。

まもなく宮の渡しにさしかかるという頃合いだ。尾張《おわり》から伊勢に入り、海から遠ざかってやがて東海道を離れれば、道はにわかに心細くなる。

そこから険しい山道を切り抜け、風花峠を越えれば、ようやく大和梨川にたどり着く。つくり話のとおり、伊勢参りの旅なら終わりが見えてくるところだが、行く手にはまだ最大の難所が待ち受けていた。

「どこかで海の物をさらに仕入れておきたいのですが」

味付けはいささか大ざっぱだが、物はなかなかの煮魚を食しながら、時吉は言った。

「そやな。ここから山のほうへ入ったら、険しくなる一方やさかい」

国枝がうなずく。

「塩漬けにでもしておくか」

原川が訊く。

「塩鰤などはどこかで手に入るはずです。それを求めましょう」

「なるほど」

「いずれにしても、生のままではいかに冬場でももたないでしょう。風花峠を越えなければなりませんから」

時吉は峠を越えるしぐさをした。

「冬場はとくに怖いねん、あの峠は」

国枝が眉をひそめた。

「日が短いし、急に雪が降りだしたり、大風が吹いたりする」

「日が暮れるまでに峠を越えられるだろうと高をくって出たりしたら、えらい目に遭うのがあの峠や」

「いきなり暮れるからな。いったん暗くなったら、泊まるところがない」

「どれ、道からちょっと外れたところで横になろかと思ったりしたら……」

「そのまま崖の下へ真っ逆さま」

「くわばら、くわばら」

「前の日は関《せき》に宿を取って、朝の早いうちに出たほうがよさそうやな」

原川が腕組みをした。

「雪が積もってなければええけど」

と、国枝。

「いずれにしても、明日はまず浜へ下りてみましょう」

時吉がそう提案した。

「そやな。殿に食べていただく品を背負って行くんや。お天道《てんと》さんも行く手を照らしてくれるやろう」

国枝はしみじみと言った。

三

時吉の望みどおり、翌日は浜に出た。

江戸の料理人で包丁も調味料も持参していると聞くと、漁を終えた地元の者たちが何かつくれと口々に言った。

いい鯛がとれていたから、時吉はさっそくさばいて塩焼きにした。大きめに切った身に金串を刺し、浜の火で焼きあげる。

とれたての魚にことさらな細工《さいく》は要《い》らない。素朴な塩焼きがいちばんだ。これに醤油をかけて食す。この食べ方に優るものはない。

「うみゃー」

「うますぎていかんがや」

漁師たちはたちまち相好を崩した。

「たしかにうまいが……元気があってこその料理ではあるな」

鯛にかぶりつきながら、原川が言った。

「こちらからかんで味をつかみにいく料理やさかいな。船をわが手でこがなあかん」

国枝の言葉を聞いて、時吉ははたと思い当たった。

道を少し引き返さなければと思った。

病み衰えてしまった殿は、かむ力が弱っておられるだろう。そんなお方に、「味をつかみにいく料理」をお出ししてはいけない。痩せた手で船をこがせるようなことがあってはならない。

船はおのずと流れていく。大川の水が自然にゆるゆると流れていくがごとくに、味の船が流れる。その流れに、楽に身をゆだねていけるような料理にしなければならない。

その流れの果てには、はるかなる思いの海がある。そして、その先に浄土がある。御恩《ごおん》の光に照らされた世界が彼方《かなた》にかすかに見える。

その消息《しょうそく》を伝えるような料理にしたい、と時吉は思った。

ともかく、我《が》を出しすぎてはいけない。料理人の我が出れば、多かれ少なかれ客に挑む料理になってしまう。「どうぞお召し上がりください」と、たとえ皿が下から出ていても、「どうだ」という構えが料理に出てしまう。それではいけない。

殿に江戸の味を召し上がっていただかなければ。「ああ、うまかった。これが江戸の味だ。これでもう思い残すことはない」と満足して箸を置いていただかなければ。

そう考え、これまではむやみに力が入っていた。いつのまにか心に枷《かせ》がはめられていた。

しかし、それではいけない。料理の船をこぐことがむずかしくなってしまった殿のお身を考え、病身に合った江戸の味の料理をお出ししなければならないのだ。時吉はそう思い至った。

旅のことを考えれば寄り道になったが、この浜に来てよかったと時吉は思った。

漁師たちはなおも料理を所望した。

「蛤《はまぐり》もあるでよ」

「つくってちょ」

そう請われたから、吸い物にした。のどか屋なら貝割れ菜や独活《うど》などをあしらうのだが、浜だから本当に蛤だけの吸い物だ。

貝と貝を合わせると、澄んだ涼やかな音がした。生きている証しだ。これはうまい「はま吸い」になる。

だし昆布も江戸から持参してきた。それに命のたれと醬油と塩を加え、味を調える。殿にお出しするのではない。網を引く力仕事を終えてきた漁師たちにふるまう料理だ。味は濃いめにしておいた。

できあがると、浜に海猫の群れが降り立ったような按配で、そこここで「うみゃー、うみゃー」の声が響いた。蛤については、茶わん蒸し風の藁煮《わらに》などの凝った料理もあるけれども、結局は奇をてらわない三つの料理に還《かえ》ってくる。

焼きはま、酒蒸し、そして、はま吸い。

この三つがあれば、おのずと客の顔はほころんでくれる。

「ありがとさん」

「また来てちょ」

たくさんの笑顔に送られて、時吉は浜から上がった。

土産も手にした。いい按配に塩鰤があった。うまい料理のお代だからと言って、気前よく多めにくれた。

時吉たちは旅に戻った。

伊勢に入り、徐々に海から遠ざかっていった。

行く手に山陰《やまかげ》が見えてきた。上のほうがあいまいにかすんでいる。

そこが風花峠だ。

時吉は目をしばたたかせた。

あの峠の向こうに故郷がある。大和梨川がある。

一度は捨てた故郷だが、さまざまな思い出が詰まる場所でもあった。万感胸に迫る思いで、時吉はこれから越えていく峠を見やった。

「雪は積もってないみたいやな」

峠を見つめながら、原川が言った。

「越えてみないと分からんからな、あの峠だけは」

と、国枝。

「だいぶ前の参勤交代のとき、雷雨になってえらい往生《おうじょう》した」

「そやったな。立ち木に雷が落ちたときは肝をつぶしたわ」

「雪で駕籠が前へ進めなくなったこともあった」

「ああ、あのときは殿が駕籠から下りて、徒歩《かち》にて進まれたものや」

「そんな元気がまだおありだったんじゃのう」

原川は何とも言えない詠嘆を含む声を発した。

四

予定どおり、関に宿を取った。

峠で不測の事態が起き、いくらか足止めを食っても日のあるうちに越えられるように、朝早くにふもとの宿を出る。これが風花峠越えの鉄則だ。

このまま東海道を進むのならいい。鈴鹿《すずか》峠も難所ではあるが、風花峠の比ではない。

伊勢は光の国、大和梨川は陰の国と言われる。大和であって大和ではない秘蔵《ひぞう》の国だ。

その国の内情について、前の晩、二人の武士は時吉に事細かに伝えた。

「あるじが藩士だったときの働きもあって、わが藩の膿《うみ》は一掃された。少なくとも、表向きはな」

酒を呑みながら、原川新五郎がいくらか引っかかりのありそうな口調で言った。

「すると、裏ではまだ何かあるのでしょうか」

少し声を落として、時吉はたずねた。

「城内はいたって平穏や。藩政をほしいままにしようと企てていた有泉《ありいずみ》一族は一掃されたさかいにな」

国枝幸兵衛が答えた。

大和梨川で隠然たる権力を持つ大目付の有泉右近《うこん》は、勘定奉行をつとめる兄とともに城下のあきんどたちと結託して私腹を肥やしていた。さらに、賄賂《まいない》などで勢力を拡大し、敵対する者や目障りな者などを次々に除いて、病弱な藩主を戴く盆地の小藩を乗っ取ろうと画策していた。

この御家騒動に、磯貝徳右衛門と名乗っていた時吉も巻きこまれてしまった。

初めのうち、磯貝徳右衛門は都合のいい道具として使われていた。伯父の磯貝玄蕃《げんば》から吹きこまれるがままに、江戸詰家老の神尾三太夫《かみおさんだゆう》につらなる奸賊を斬った。

　だが、本当の奸賊は、当の伯父のほうだった。そういった真相を知らない磯貝徳右衛門は、有為の者を斬ってしまった。いまだに慚愧《ざんき》に耐えない。時吉が刀を捨て、包丁に持ち替えたのは、このときの苦い体験に由来する。

「では、有泉一族のほかに……」

「いや」

　原川がすぐさま時吉を制した。

「あの騒動があってから、わが藩士の結束は固くなった。二度と有泉一族のような者を出してはならぬ、殿を盛り立てていかねばならぬ、と田舎の小藩が変わったのだ。ただ、城下は平らかになっても、辺境のほうにまでは力が及んでいない」

　原川は助け舟を求めるように国枝の顔を見た。

「有泉家は断絶、多くは切腹を賜って亡き者となった。そやけど、なかなか根絶やしというわけにもいかんでな」

「では、まだ生き残っている者がいるわけですね？」

　時吉はいくらかひざを送った。

「もちろん、藩士にはおらん。城下からも消えた。有泉の血を引く者たちは、みんな山のほうへ追いやられたんや」

「山のほうへ」

「そや。ありていに言えば、有泉の残党は山の民になったんやな。草深い隠れ里みたいなところに住んで、山のものを獲るかたわら、山賊まがいのこともやってるらしい」

国枝は顔をしかめた。

「ときどきは城下にも出てきよる。いまのところは盗みくらいだが、そのうち押し込みや火付けもやらかすんやないかと」

「それは剣呑《けんのん》ですね」

時吉は腕組みをした。

「まあ、下手なことをしたら山狩りをかけられて、今度こそ根絶やしにされかねないからな。有泉の残党もうかつなことはできんやろう」

「それでも、注意するに越したことはない」

「窮鼠《きゅうそ》猫をかむかもしれんからな」

原川は苦《にが》そうに盃を干した。そして、いま気づいたというふりを装って言った。

「そういえば、あるじのいいなずけ……と言っても、磯貝徳右衛門のだが、嫁ぐはずだった娘がいたであろう?」

「それは、もはや昔の話」

時吉にとっては古傷がうずくような話だった。

大目付の有泉右近の次女いねと磯貝徳右衛門との縁談は整いつつあった。だが、実現の運びにはならなかった。有泉一族こそが奸賊であると知ってしまったからだ。

「その娘はとうに出家している。もはやおぬしとは関わりのないことであろうが」

原川は昔と同じように「おぬし」と呼びかけた。

「すると、いねどのは生きておられるわけですね？」

時吉はたずねた。

元のいいなずけは、有泉いねという名だった。

「ああ。父が奸賊であったにせよ、もはや戦国の世ではない。髪を下ろして仏門に入った者をとがめることはできまいて」

「城下の寺で、きれいな花を育てながら仏にお仕えする日々と聞いた。まあ、それはそれでええのやないか」

あきんどに扮した国枝が、わずかに顔をほころばせた。

「さて、明日も朝が早い。そろそろ寝るとするか」

原川が言った。

「そうですね。風花峠が待っていますから」

時吉は膳をかたづけはじめた。

「吹雪だけは勘弁してもらいたいものや」

「山の民もな」

「有泉の残党が襲ってくるってか?」

「まさかとは思うがな」

大和梨川藩の二人がそんなやり取りをしていると、風花峠のほうから犬の遠吠えが響いてきた。

第六章　江戸玉子飯

一

冬の風花峠を越える者は少なかった。伊勢のあきんどの一行とすれ違ったくらいで、あとはまったく人影を見なかった。

「霧が出てきたな」

あたりを見回して、原川がぽつりと言った。

「難儀なこっちゃ。うっかり道を間違えたら、えらいとこへ行ってしまう」

と、国枝。

「山の民のねぐらに行ったりしたら、生きて帰れんぞ」

原川がそう言ったせいか、背に負うた袋がさらに重くなったように感じられた。

枯れ木のあわいに崖が見える。葉が生い茂っていれば、剣呑な場所は見えなくなる。これまでに多くの人の命を呑みこんできた魔所だ。

「もうひと息や」

「この坂を越えたら、大和梨川やで」

「気張っていこう」

「江戸でいちばんの料理人が大和梨川へ入るんや」

二人は代わるがわるに言って、時吉を励ましてくれた。

胸に迫るものがあった。

かつてこの道を、一人で急いだ。江戸詰の家老に真実を伝えるべく、有泉一族の追っ手から逃れて闇路をたどった。

あれから、波瀾万丈の人生だった。

長吉とおちよに命を救われ、紆余曲折を経て、刀を捨てて包丁を握ることになった。のどか屋ののれんを出し、三河町に根付いたころに大火に遭い、命からがら逃げ出した。

おちよとともに炊き出しの屋台を引くところから立て直し、所帯を持つこととなった。新たなのれんを岩本町に出したあとも、一難去ってまた一難の人生だった。

それでも、千吉という息子に恵まれ、看板猫もだんだんに増えた。常連ができ、弟子も巣立った。さまざまな人の縁に支えられて、ここまで生きてくることができた。

その源をたどれば、故郷に至る。

すべては大和梨川から始まった。両親と先祖の墓もここにある。

その故郷に通じる道が……最後の坂が、時吉の行く手に続いていた。

「よし、これで終わりや」

いくぶんかすれた声で、国枝が言った。

「何回通っても往生するわ、この道は」

原川が和す。

風花峠には杭が一本立っていた。いままであまたの旅人がこの杭に触ってきただろう。万感の思いをこめて、杭に身を預けただろう。

道祖神も据えられていた。その小さな祠《ほこら》に向かって、時吉は両手を合わせた。

（どうか首尾よく役目を果たし、またこの峠を越えられますように。

江戸ののどか屋へ無事に帰れますように……）

そう願った拍子に、千吉の寝顔がふっと浮かんできた。時吉は何とも言えない気持ちになった。

「ほな、行こか」

原川が声をかけた。

「はい」

時吉は短く答えた。

峠を越えれば、あとは下るばかりだ。ただし、足が軽くなったことに浮かれてずんずん進んでいくと、思わぬ落とし穴が待ち受けている。

それに、雪が残っていた。日陰になるところは溶けにくい。かなり前に降った雪が凍りつき、道を半ば覆っている。

「下りも楽させてくれんな」

国枝が嘆く。

心して歩かなければならない。ひとたび滑って転んだりすれば、勢いがついて崖底へ転げ落ちかねないからだ。

「こけないようにせんと」

「ゆっくりゆっくり、足元を見ながら歩かなあかん」

二人の武家に続き、時吉も慎重に歩を進めていった。

雪が残る難儀な道をどれほど下ったことか、だしぬけに視野が開けた。

霧も晴れ、雲間からひとすじの日の光が差してきた。

山間の貧しい村から、竈《かまど》の煙がゆるゆると立ちのぼっている。

胸が詰まるような風景だった。

「ここまで来たら、もう大丈夫や」

「雪もやっとなくなった」

武士たちは足を止めて吐息をついた。

万感胸に迫る思いで、時吉は行く手に広がる光景を見た。

帰ってきたのだ。

なつかしい故郷、大和梨川へ。

二

城下に入った時吉は、原川の屋敷に逗留《とうりゅう》することとなった。

江戸で料理人になった元藩士を、原川の家族や用人はあたたかくもてなしてくれた。

膳に酒も出た。さほど上等な酒ではないが、気遣いが心にしみた。家で漬けたとおぼしい日野菜漬《ひのなづけ》は、素朴な故郷の味がした。

風呂も旅の疲れをいやしてくれた。いくらか熱すぎる五右衛門風呂《ごえもんぶろ》につかり、時吉はぐっすりと眠った。

翌朝、原川と国枝に伴われ、時吉は大和梨川城に登城した。田舎の小藩だが、城は天然の要害に建っている。築城の名手として名高い武将が造った城につき、堂々たる恰幅《かっぷく》だ。

万一、大和より西に事あらば、風花峠を越えた東軍がこの城に入る。そのために、小藩ながらそれなりに重きを置かれているのが大和梨川だった。

「段取りは御側役《おそばやく》や御膳番《ごぜんばん》と相談してからや」

駕籠から下り、徒歩《かち》にて本丸へ向かう途次、原川が言った。

「殿にお目にかかるのは、そのあとでございましょうか」

かなりの緊張を覚えながら、時吉は言った。

かつてひょんな成り行きで、江戸の御城で将軍家斉《いえなり》のために料理の腕を振るったことがある。あのときも大変な重しをのせられたような気分だったが、こたびはまた趣が違った。

「そうなるやろな。なにぶん殿の容体は芳《かんば》しくない。人に会うお役目はなるたけ少なくするっちゅうことになってるさかい」

国枝は沈んだ面持ちで言った。

「江戸から料理人を呼ぶ話は、むろんご家老の了解を得ている。家中でだれも異を唱える者はいなかった」

原川が言う。

「その料理人が、元の磯貝徳右衛門だと明かしたときは、ずいぶんと歓声が上がったもんや」

国枝の表情が、そこでやっと和らいだ。

ほどなく城に入った。

時吉たちは控えの間で待った。畳の上を照らす日の光がいくらか移ろったころ、廊下で足音がいくつも響いた。

御側役や御膳番といった役人ばかりでなく、家老も姿を現した。

「久しいのう、徳右衛門」

城代家老の神尾《かみお》善之丞《ぜんのじょう》が声をかけた。江戸詰家老の神尾三太夫と同じ血筋で、かつての時吉の働きを徳としていると聞いた。

「もと磯貝徳右衛門、いまは江戸の岩本町にて、のどか屋という名の小料理屋を営む一介の料理人でございます」

いくぶんかは誇りをこめて、時吉はそう名乗った。

「原川と国枝から話は聞いておる。江戸では一、二を争うほどの腕前の料理人になったと聞いた」

城代家老は張りのある声で言った。

国枝が軽く咳払いをした。

話には下駄を履かせてあるゆえ、うまく合わせてくれ。

そんな意をこめた咳払いだった。

「それで……すでに聞き及んでいると思うが、殿の体のお具合は芳しからず、家中の者はこぞって案じているところだ」

城代家老は末席に控えていた総髪の男を見た。どうやら城詰めの医師らしい。顔にはかなり疲れの色が見えた。

「残念ながら、もはや本復はかなわぬご容体でございます。身を起こし、言葉を発することも大儀なご様子。お側に仕えさせていただいている者たちは、こぞって涙しておりまする」

医師は沈痛な表情で語った。

しばらく沈黙があった。息が詰まるような時だった。

「さりながら、見事な身のふるまいをされておられる」

城代家老が口を開いた。

「まだ若きころは、田舎の小さな藩の藩主であられるご苦労があったせいか、お能を舞いつつ空しく時を過ごされていたこともあった。それゆえ、お能を舞うよりほかに取り柄のないお方よと、陰口をたたく輩《やから》もいた」

「されど、有泉一族の一件があったあとは、ずいぶんと変わられました」

御側役がうなずく。

「本来は書物に親しむいたって英明な方だったゆえ、その豊かな資質に目覚められたのでありましょう」

原川が言った。

「まことに、わが殿ながら見事であった」

城代家老は続けた。

「有泉一族を除いて綱紀を粛正するばかりでなく、領内の開墾や治水につとめ、大和で最も貧しかった大和梨川を実りある国にされた。この先、殿に五年十年の余命があらば、梨の甘き実のごときさらなる実りがあったものを……」

家老は声を詰まらせた。

「ほんに、つらいことでござる」

国枝が目元に指をやる。

「これから、というときに重い病に倒れられてしまった。されど、それからのふるまいがまた感服するばかりであった。ゆめゆめ世継ぎ争いにならぬようにしかるべき手を打ち、早々と次の藩主を決められた。あとは心静かに……」

死を待つばかり、という言葉を城代家老は呑みこんだ。とても言うに忍びなかったからだ。

「その殿が、いま一度、江戸の味を食してみたいと。もはやわが足で江戸の土を踏むことはかなわぬ。それゆえ、せめて味の船に乗って、この目をつむる前に、もう一度だけ江戸を訪れてみたい、と」

「味の船に乗って……」

時吉はその言葉をかみしめるように復唱した。

「その船を操れるのは、磯貝……ではなかった、のどか屋、そなたしかおらぬ」

家老が言った。

「はい。心をこめて、おつくりいたします」

「うむ」

「では、さっそく夕餉《ゆうげ》から」

　御側役が少しひざを送る。

「承知いたしました」

「江戸の醤油などを持参したと聞いたが」

　御膳番が口を開く。

　かつて江戸の御城では、御膳奉行と思わぬ成り行きになってしまったものだが、小藩につき重々しい奉行ではなくただの御膳番と名乗っている。

「はい。特製のたれなども」

「佃煮や塩漬けなどの食材も、われらが運び申した」

　原川が背に荷を負うしぐさをした。

「玉子などは厨にございますでしょうか」

　時吉はたずねた。

「むろん。玉子は殿のご好物にして身の養いになるゆえ、毎朝仕入れておる。殿の具合が良くなるようにと、民はかように両手を合わせて拝んでくれる」

　御膳番は身ぶりを交えて伝えた。

「釈迦に説法かもしれませんが、殿は胃の腑が弱っておられます。あまり強《こわ》き料理は身の養いになりませぬ。そのあたりを十分に勘案しておつくりいただきたい」

医師の言葉に、時吉は深いお辞儀で答えた。

こうして、会談は終わった。

原川と国枝は、江戸の家中のことなどについて城代家老と詰めておかねばならない話があった。時吉は御側役と御膳番に付き添われ、城の厨所《くりやどころ》に入った。

料理番のかしらは、時吉よりひと回りほど上で、ずいぶんと気の弱そうな男だった。江戸の料理人に敵愾心《てきがいしん》を燃やされることを覚悟して来たのだが、そういう肚《はら》はまったくないようだった。むしろ、時吉が来てくれて安堵したという様子だった。

「わたし、上方の味しか分かりませんで、ほとほと困ってましたんや」

かしらはそう打ち明けた。

「そら、殿が所望される江戸の味の料理をお出ししたいのはやまやまです。そやけど、無い袖は振れませんねん。いくら濃い口の醤油を使《つこ》たっても、殿の舌はごまかせませんん。こんなものが江戸の味か、とお叱りを受けるばかりで……ほんまにもう、腹でも切りたいような心持ちでしたんや」

地元の料理人は、そう言ってため息をついた。

「江戸で小料理屋をやってきましたので、江戸の味にはなっていると思います。わたしにお任せください」

時吉は力強く言った。

「頼りにしてます。下ごしらえとか、なんでもやらせてもらいますさかい」

かしらは腰を折って礼をした。

これなら存分に腕を振るえそうだった。具材をあらためてみたところ、山深い盆地とあって生のものは玉子しか見当たらなかったが、畑で採れた地の野菜はどれもみずみずしかった。

ややあって、家老との話を終えた原川と国枝が様子を見にきた。

「夜の膳に何をお出しするか、決まったかな？」

原川が問う。

「はい。身の養いになる玉子を用いて、まずは江戸の味をと」

「殿はあんまりたくさん召し上がれぬゆえ、そのあたりは加減してや」

穏やかな口調で国枝が言った。

「承知しました。殿の召し上がる様子を見ながら、日々の献立を考えていきたいと存じます」

いよいよ料理をつくる段になった。

時吉は持参した作務衣に改めると、白い襷《たすき》を掛け渡した。

殿にいま一度、江戸の味を……。

ひときわ気合を入れて、時吉は包丁を握った。

三

殿にお出しするまでには、いろいろと段取りがあった。時吉がこの料理でと思っても、許しが出なければ殿の口には入らない。

「味見をお願いいたします」

試作した品を、時吉はまずかしらの料理人に舌だめしをしてもらった。顔を立てるという意味もあったが、おそらく同じ品はつくったことがあるはずだ。上方の舌を持つ料理人がどう思うか、まずはそれを聞いてみたかった。

「ああ、これは……」

味わってほどなく、かしらの表情がふわりと変わった。

「わたしのつくる味と違う。ちょっと悔しいほど、深いわ」

「ありがたく存じます」

時吉は頭を下げた。

まずつくったのは、何の変哲もない玉子飯だった。

肥沃とは言いがたい領地だが、玉子を産む鶏は飼われている。当時は贈答品としても使われていた貴重な玉子は、白米と並んで殿のためにまず用いられる食材だった。

その二つの食材を使い、時吉はのどか屋らしい奇をてらわない料理をつくった。

けさ産みたての玉子を割り、酒と少々の塩を加えて、まず炒り玉子をつくる。

包丁を除けば、あまり調理道具までは運べなかったが、城の厨だけあって不足はなく、使い勝手もなかなかのものだった。

器に関しては、むろんのどか屋よりずっと上だった。大和梨川は信楽《しがらき》に近い。そちらのほうからいい器がたくさん入っていた。

続いて、だしを取って汁をつくる。このだし汁に命のたれと煎酒を交ぜ、舌でよく吟味しながら仕上げに塩で味を調える。

あまり多く召し上がれない殿のために、やや小ぶりで浅めの丼を選んだ。これも信楽焼で、明るい土肌をしている。この器に玉子飯を盛れば、ひと足早く春が来て、菜の花畑が満開になっているかのように見える。

その器に、あつあつの白飯を盛る。そして、色鮮やかな煎り玉子をのせ、器の端のほうからかけ汁を注いでいく。

仕上げにゆでた青菜を少しだけのせる。多すぎてはいけない。ほんの彩りくらいでいい。春なら香りのいい木の芽一枚で十分だ。

時吉の玉子飯にうなったのは、料理人のかしらばかりではなかった。毒味を兼ねて口に運んだ御膳番も御側役も、こぞって表情を崩した。

「いままで食していた玉子飯は何であったのかのう」

御側役がそう言ってうなる。

「御意。まったく似て非なるものでございますな」

御膳番も和す。

その言葉を聞いて、城の料理人たちはさすがに肩を落としていた。

「長年をかけて、師匠からわが手へと受け継いできた命のたれも少々交ぜてあります。おそらくそのあたりが違うのではなかろうかと」

先住の料理人の顔を立てるべく、時吉は控えめに言った。

「なるほど……この味なら、殿も召し上がられるやもしれぬな」

「たとえ少しでも召し上がっていただかないことには」

「まったくじゃ。……では、薬師《くすし》も同席の上、殿に夕餉を」

「よろしくお願い申し上げます」

時吉は頭を下げた。

「よろしく、と申されるが磯貝殿……ではなかった、のどか屋。そなたも同席してもらうぞ」

御側役が言った。

「わたしも、でございますか」

初めは料理をおつくりするだけかと思っていたから、時吉は驚いた。

「いかにも。わが藩士だったとき、何度もお目どおりをいただいているはず」

「は。剣術の御前試合などがありましたゆえ」

時吉の口調が、ずいぶん久々に武家のものになった。

「殿はよく憶えておられたぞ」

御側役の口調が和らいだ。

「それは……まことにもって、ありがたき幸せ」

「そなたにとってみれば、故郷の大和梨川に江戸の料理で錦を飾るようなものじゃ。さ、あまり冷めぬうちにお出ししなければ。行くぞ」

御側役は気の入った顔つきで立ち上がった。

四

そのときが来た。

次の間へ入る廊下に平伏し、心の臓を弾ませながら、時吉はわが身にかけられる言葉を待っていた。

「殿の料理番として、江戸より料理番を迎えました。元藩士の磯貝徳右衛門、いまは江戸の岩本町にて小料理のどか屋を営む時吉と名乗っております」

御側役の言葉に、大和梨川藩主の筒堂《つつどう》若狭守《わかさのかみ》良継《よしつぐ》は小さな声で何か答えた。しかし、その声はあまりにも弱々しく、時吉の耳までは届かなかった。

ほどなく、声がかかった。

「のどか屋の時吉、近《ちこ》う寄れ」

御側役がいくらか高い声を発した。

「さあ、出番や」

「頼むで」

よほど気がかりだったのか、許しを得てここまで付き添ってきた原川と国枝に送られるようにして、時吉は頭を半ば下げたまま座敷を進んだ。

「もそっと近う。近う寄れ」

「はっ」

なおも進むと、御簾《みす》が見えた。

いくぶん高くなっている寝台に布団が敷かれている。

「失礼つかまつります。御身を起こさせていただきます」

総髪の医師と御側役が枕元に寄り、一《ひ》の二《ふ》の三《み》っ、と小さな掛け声を発した。

小姓が御簾を上げる気配がする。

こほ、と咳きこむ音が響いた。

そこに殿がおられる。いまからわが料理を食される。

そう思うと、平伏した時吉の心の臓はさらに激しく鳴った。

「苦しゅうない……」

しゃがれた細い声が響いた。

「のどか屋の時吉、面《おもて》を上げよ」

御側役が告げる。

「はっ……」

恐る恐る、時吉は顔を半ばほど上げた。

「もそっと近う寄れ」

言葉を発するのが大儀な藩主に代わって、なおも御側役が言う。

「はっ」

時吉はひざを使ってにじり寄った。

布団の上で、藩主は半身を起こしていた。白い羽二重《はぶたえ》をまとったお御足がまず時吉の視野に入った。それは枯れ木のごとくに痩せ細っていた。

「久しいのう……徳右衛門」

殿から声がかかった。

「面《おもて》を上げ、お答え申せ」

御側役にうながされた時吉は、意を決して背筋を伸ばした。

「いまは……」

と切り出した時吉は、たちまち言葉に詰まった。

見えたのだ。

すっかり病み衰えてしまった、殿のお顔が。

かつて、御前試合に何度も臨んだことがある。勝ちを収め、手ずから褒賞を頂戴したこともある。

「あっぱれであった、磯貝徳右衛門。向後《こうご》も研鑽《けんさん》に努めよ」

そんなお言葉を賜ったものだ。

あのときの殿とは、すっかり様変わりしてしまっていた。

ほおはこけ、目は落ち窪み、眉間には深いしわが刻まれている。昔日《せきじつ》の殿とは別人のようだった。

「続けよ」

御側役にうながされて、時吉は我に返った。

「小料理のどか屋の、時吉と名を改めております」

そう名乗ると、度胸がついたのか、心の臓の鳴りがいくらか収まった。

「殿にいま一度、江戸の料理をお召し上がりいただきたいと、風花峠を越えてまかりこしました」

藩主はゆっくりとうなずいた。

そして、控えていた医師に向かって目で何か合図をした。

医師がさらに小姓にしぐさで命じる。

ややあって、しずしずと膳が枕元に運ばれた。

時吉は再び畳に両手をつき、殿が玉子飯を召し上がるのを待った。

御膳番が蓋を取り、医師が木の匙で食べよい量をすくう。

「御免」

初めのひと口が、藩主の口中に投じられた。

すぐにお言葉を賜ることはなかった。布団に縫い取られた青い角菱《かくびし》の御紋を見つめながら、時吉はかたずを呑んで待っていた。

もう一口、もう一口、と藩主は玉子飯を所望した。このところはさらに食欲が落ち、申し訳程度に口をつけるばかりだったのに、久しく絶えていた出来事だった。

「おいしゅうございますか、殿」

御側役が問う。

「うむ」

と、筒堂若狭守は答えた。

時吉の胸を、あたたかな水のごときものが流れていった。

家族の顔がだしぬけに浮かんだ。

千吉を背に負うたおちよが子守唄を唄っている。江戸にみなを残して、ここまで来た甲斐があった。

時吉の目頭《めがしら》が熱くなった。

木匙が丼に触れる音は、さらに響きつづけた。

そのたびに、何とも言えない気持ちが募った。

殿は召し上がっている。のどか屋の命のたれを加えた玉子飯を、たしかに味わっておられる。

そう思うと、料理人冥利に尽きる思いがした。

「よい」

ほどなく、藩主の声が響いた。

「胃の腑のお具合はいかがでございましょうか」

医師が案じてたずねた。藩主がこれほどまでに多くの飯を食すのは、実に久方ぶりのことだった。

「よい」

藩主は重ねて言った。

そして、小姓の手を借りてわずかに体の向きを変え、時吉に声をかけた。

「のどか屋の、時吉……であったな？」

かつての張りのある声とは様変わりした声で、大和梨川藩主は問うた。

「はい、さようでございます」

そこで藩主が何か身ぶりをしたらしい。御側役から声がかかった。

「苦しゅうない。面を上げ、しっかりとお答え申せ」

「はっ」

顔を上げる。

藩主は脇息《きょうそく》に身をあずけ、時吉のほうを見ていた。

目と目が合った。

「美味で、あった……」

藩主は言った。

「ありがたく存じます」

のどか屋でいくたびも発してきた言葉を、今日は故郷の藩主の前で述べた。それだけで胸が詰まった。

「まごうかたない、江戸の、味であった……礼を申す」

思いがけない言葉をたまわった。これ以上はないほどの誉れだ。

「もったいのうございます」

時吉は深々とお辞儀をした。

座敷のうしろ、廊下のほうから、すすり泣く声がわずかに響いてきた。

原川か、国枝か、ともに苦をともにしてきた武士が感極まって泣いているのだ。

時吉も万感胸に迫るものがあった。目からあふれたものは、畳の上に続けてこぼれ落ちた。

「余は……」

ほどなく、またしゃがれた声が響いた。

「……もう長くはない」

藩主の言葉は、諦念《ていねん》の息を含んでいた。

「養生されますれば、やがては本復されましょう」

医師が口をはさんだ。

「さようでございます。いまの膳のごとく、精のつくものを召し上がっていれば、来《らい》春《はる》にはお御足にて花見の舞を……」

「気休めは、よい」

初めていくらか苛立ちを含む声で、藩主は御側役を制した。

「余のことは、余が最も知っておる。……控えよ」

「はっ」

しばらく重苦しい沈黙があった。

藩主は何度か瞬きをして、時吉のほうを見た。

そして、また声をかけた。

「時吉」

「はっ……」

面を上げると、慈父のごときまなざしがおのれを見ていた。

「あと、いくたびの膳になるか、余には分からぬ」

「………」

「せっかく来たのじゃ。江戸の味を、なおしばし、味わわせてくりゃれ、のどか屋」

そう言った藩主の目尻からも、ひとすじの涙が流れた。

万言を費やすにまさる、思いのこもった涙だった。

時吉は答えた。

腹の底から、心の芯から、殿の言葉と涙に勁《つよ》い口調で答えた。

「承知いたしました」

第七章　人生の一日

一

翌日からも時吉は原川とともに登城し、殿のために料理をつくった。

江戸から持参した蛤の時雨煮は、食べよい大きさに切って粥に添えた。

これも殿はいたく気に入ってくださった。珍しく粥のお代わりを求めたから、御側役も医師も驚いたほどだ。

問われるままに時雨煮の名のいわれを伝えると、病身の藩主は感慨深げな面持ちになった。

「味とともに、思い出が時雨のごとくに移ろっていく……」

藩主はそう言うと、次の匙を所望し、またひとしきりよくかんで味わった。

「まことに、そうじゃ。江戸にも、たんと思い出が……」

筒堂若狭守は遠い目つきになった。

時吉はまた胸が熱くなった。

さぞやいま一度、江戸の土をお踏みになりたかったことだろう。

だが、それはもはや叶うまい。さぞやご無念だろうと思うと、胸が締めつけられるかのようだった。

時吉が屋敷に逗留している原川の口から、事細かに殿のご発言を聞いていた。それによると、自ら領内の見聞ができないことをたいそう悔しがっておられるらしい。

無為に能を舞っていた若き日に、もっと領内を回ればよかった。そう悔いておられるとも聞いた。

(余が姿を見せることで領民が喜ぶのであれば、いずこなりとも顔を出そう。自ら鍬を手に取り、土も耕そう。

領民のだれ一人として飢えぬ国。小なりとも幸いの花が咲く国。

余は大和梨川をさような国にしたい。

もし領民が飢えているのなら、余の食事を分け与えよ。泰平の世に、城の蓄えなどいらぬ)

まだ元気なころ、藩主は折にふれてそう言っていたという。

その名君に、天はいま少しの時を貸そうとはしなかった。重い病を与えて、まもなく天に召そうとしている。

いや……。

時吉は考え直した。

本復はむずかしいと医師は言ったが、まだ望みはあるだろう。薬膳の心得は、清斎先生から教わっている。たとえ切れそうな線でも、養生の具合によっては、まだこれから太くなるかもしれない。

ともあれ、朝と夕の食事に時吉は全力を傾けた。殿が本復されるように、思いをこめて手を動かした。

そんな時吉の思いは、ほかの料理人にも伝わっていた。

ことにかしらは、時吉より年長であるにもかかわらず、辞を低うして江戸の味つけについて教えを請うた。

「殿が良うなられて、のどか屋さんが江戸に戻ったあとは、わたしらが厨を守らなあきません。どうか殿にご満足いただける味を教えてくださいまし」

かしらの願いを聞き入れ、時吉は命のたれのつくり方などを惜し気もなく教えた。

城の料理人たちは、みな真剣なまなざしで聞いていた。

体の調子にもよるが、時吉がお出しする料理を、藩主はおおむね喜んで食してくれた。食べ手のある塩鰤の焼き物などはさすがに残されたが、大半は胃の腑に落とされた。

ことに好まれたのは、江戸の甘味噌を用いた味噌汁だった。

たくさん具を入れても召し上がることができない。そこで、薄い銀杏《いちょう》切りにした大根と花麸《はなふ》、それにたまたま城内で見つけた豆の苗を入れた。

「豆の苗を食すのでございますか」

料理人のかしらが驚いた顔でたずねた。

「さようです。若き芽には、力がこもっています。やがては太くなり、実りをもたらす豆の芽を摘んで、味噌汁に投ずれば、さぞや殿の身の養いとなりましょう」

時吉がそう答えると、かしらは大きくうなずいた。

年の残りはだんだんに少なくなってきた。年を越せるかどうか、初めは案じられていた藩主の体だが、決して好転はしていないものの、どうにか新年を迎えられそうな按配になってきた。

「晦日《みそか》には年越し蕎麦を召し上がりたいというご所望じゃ。むろん、江戸風のつゆでな」

　厨を訪れた原川がそう伝言した。

「承知しました。蕎麦粉は城の蔵にもありましたので」

　すっかり藩の料理人の顔で、時吉は答えた。

「ところで、なんで晦日に蕎麦を食べるようになったのかのう？」

　一緒についてきた国枝がふと思いついたようにたずねた。

「それには諸説があるんです」

　滋養になる人参の煮物をつくりながら、時吉は講釈した。

「鎌倉の世に、さる寺が年を越せない者たちに世直し蕎麦をふるまいました。当時は蕎麦切りではなく、蕎麦餅です。世直し蕎麦と称されたそれを食べた者たちは、みな運が向いてきました。それで、運蕎麦を食べるようになったのだとか」

「ありがたい話やな」

　と、国枝。

「ただ、ほかにも説はたくさんあります。まず、蕎麦切りは長く伸びるので、寿命が延びるようという願いをこめて食されるようになったという寿命蕎麦……」

「それは、ぜひ殿に召し上がっていただきたいものじゃ」

原川が息を含む声で言った。

「それから、蕎麦は切れやすいので、今年の苦労をばさっと切って捨ててしまおうという思いもこめられていると聞きました」

「なるほど」

「さらに、蕎麦は多少の雨風《あめかぜ》にさらされても、日が当たればまた起き直ります。その強さにあやかったという説もあるんです」

「それこそ、殿に望まれることやな」

国枝は何とも言えない面持ちで言った。

「なんにせよ、気張ってつくってくれ」

「頼むで」

「承知しました」

時吉は気の入った顔で答えた。

だが、いざつくる段になると、不安が募ってきた。

のどか屋は小料理屋だから、普段は蕎麦を打ったりしない。師匠からつくり方を教わったことはあるけれど、もうずいぶんと前の話だ。

つなぎや水の量をどうするか、蕎麦玉をまとめるこつはどうだったか、記憶はかなりあいまいだった。

しかし、案ずるには及ばなかった。料理人のかしらはふだんから蕎麦を打っていたからだ。

「わたし、蕎麦が好きでして。殿にはあまりお出しせえへんのですけど、わが腹によく入れてました。蕎麦打ちならお任せくださいまし」

かしらはそう言って、大きな木鉢などを用いて巧みに蕎麦を打ちだした。

「助かります。つゆなら江戸風のものをつくれますので」

「持ちつ持たれつですな。つゆのつくり方は、わたしのほうが学ばせてもらいます」

腰の低いかしらは、そう言って笑みを浮かべた。

こうして、殿のもとへ年越し蕎麦が届けられた。

勢いよくもり蕎麦をたぐるお力はもうないので、麺をやわらかめに煮て、あたたかい蕎麦をつくった。さらに、滋養になるようにと、いちばん姿かたちがよくて持ち重りのする玉子を選んで割り落とした。

時吉が思いをこめてつくった月見蕎麦を、藩主は小姓の手を借りてゆっくりと食していった。

「この味……」

少し食したところで、藩主は喉の奥から絞り出すように言った。

「江戸の、風味である」

何よりのお言葉だった。

「ありがたく存じます」

時吉は礼を述べた。

小姓が玉子をからめて、食べよい量を殿の口に投じる。

今日は城代家老も控えていたが、だれも無言だった。玉子がせめてもの身の養いになるようにと、その場にいる者がこぞって思った。

「月見櫓《つきみやぐら》へ、行きたいのう……」

ややあって、藩主はややかすれた声で言った。

城はさほど広壮なものではないが、渡り廊下と月見櫓のあたりはなかなかに瀟洒《しょうしゃ》な造りだった。

かつての藩主が、月見の宴を楽しむためにこしらえた櫓だ。いささか狭いが、能舞台としても使える。藩主にとっては思い出深い場所だった。

「冷たい風に当たられますと、お体に触ります。お控えくださいませ」

城代家老が言った。

「明日から、新年じゃ……」

感慨のこもった声で、藩主は言った。

「御意」

「春の佳《よ》き日、いま一度、月見櫓にて酒を呑みたきもの」

しみじみとしたまなざしで、筒堂若狭守は言った。

家老と医師が互いに目を見合わせる。

「御酒は、本復されてから、お呑みくださいまし」

医師がおずおずと進言した。

「戯れ言じゃ」

藩主は寂しそうに言った。

「もはや、わが体は酒を受け付けぬ。されど……佳き日を選び、櫓にていま一度、月を愛《め》でたきもの」

「春は名のみでございます。夜風はお体にためになりませぬ」

「お控えくださいまし、殿」

家老と御側役が声をそろえて戒めた。

「ならば、のどか屋……」

思いがけず、藩主から時吉に声がかかった。

「お答え申せ」

隣に控えていた御膳番がうながした。

「はっ」

「その方が、あたたかきものをつくれ。そうじゃ、雑煮《ぞうに》がよい。いまひとたび、月見櫓にて、春を言祝《ことほ》ぐうまい雑煮を食べたきもの」

「承知いたしました。江戸の雑煮でよろしゅうございましょうか」

「よい」

藩主は短く答えた。

「畏《おそ》れながら、お餅は喉につかえる恐れがございます。できれば、お控えなられてはと」

医師が再び言った。

「余は、どうあっても雑煮を食べたいのじゃ。これで……食べ納めになるやもしれぬではないか」

藩主は珍しくいらだちを含む声で答えた。

その気持ちは一同にただちに伝わった。もう止める者はいなかった。なかには落涙している者もいた。

「のどか屋……」

「はい」

「今生《こんじょう》の、納めの雑煮だ。うまいものをつくってくれ」

藩主はそう言うと、ひとしきり咳きこんだ。

時吉は平伏した。

畳の縁《へり》に額が当たる。

この感触を生涯忘れるまい、と時吉は思った。

二

新年になった。

時吉にとっては、久方ぶりに郷里で迎える新年だったが、むろん浮き立つ気分ではなかった。

江戸は無事か。大火などは起きていないか。のどか屋に変わりはないか。おちよと千吉、それに猫たちは達者でいるか。やまとは帰ってきたか。

案じだすときりがないほどだった。

藩主が重い病の床に伏しているといううわさは、いつのまにか城下に広まっていた。それかあらぬか、新年を言祝ぐというめでたい気分は感じられなかった。

大和梨川の新年は何がなしに沈んでいた。ある寺などは、藩主の病気平癒の護摩《ごま》を焚《た》いた。冬空に揚がる凧の数も、いつもより少なかった。

そんな城下を、時吉は供の者をつれて歩いていた。

畑で大根を収穫するためだ。城内にも畑はあるが、城下により土のいい畑があり、質のいい大根が穫れると聞いた。空模様も読まねばならないため、まだ今夜と決まったわけではないが、雑煮には大根も入る。おろして蕎麦などに添えたり、やわらかく煮たり、さまざまに使うことができる。

むろん、冬場の身の養いにも欠かせない。その大根を、時吉は手づから収穫しようと思い立った。

許しを得て城を出た時吉は、供の者を道案内にして城下を歩いた。

あまりのなつかしさに涙が出そうだった。大和梨川の町の造りは一風変わっていて、道は碁盤の目がいくらかずれたような按配になっている。外から敵が侵入してきた際に、食い違っている町の角に身を潜めて迎え撃つことができるようにという深謀遠慮だった。

そんな町並みの外れに、藩の直轄《ちょっかつ》する畑があった。供の者とともに大根を掘ってみると、見るからに滋養になりそうな物が穫れた。

ほかに青菜なども収穫し、背に負うた籠に入れた。あとは城に戻って、料理をつくるばかりだ。

「こちらのほうが、いくらか近道でございます」

供の者はそう言って、脇道に入った。

「この道なら知っている。寺町を抜けるのだな？」

若い供に向かって、時吉は言った。

「さようでございます。夜はちと怖いのですが」

寺町には城下のおもだった仏閣が集められていた。両側がすべて寺だから、日中でもあまり人影がない。

そのうら寂しい通りを歩いていると、寺の中から、

「もし……」

と、声をかけられた。

見ると、一人の尼が時吉のほうを見ていた。

「何か」

時吉は怪訝そうに答えた。

上品な顔立ちの尼僧は、なおもしげしげと時吉を見た。

そして、おずおずとたずねた。

「もしや、あなたさまは、かつて磯貝徳右衛門とお名乗りになっていたのではありませぬか？」

時吉は吐胸《とむね》を衝《つ》かれた。

尼の顔に見憶えがあったのだ。

娘のころの面影が、まだはっきりと残っていた。

「あなたは……」

「やはり、磯貝徳右衛門さまでございますね？」

尼の顔つきが微妙に変わった。喜びとも感慨ともつかないさざ波めいたものが走り、またふっと静まる。

「いまは、刀を捨て、料理人をしております。のどか屋の時吉と申します」

「のどか屋の、時吉……」

尼はかみしめるように復唱した。

「かつてあなたは、有泉いねという名前でしたね？」

時吉は問うた。

尼はゆっくりとうなずいた。

そのむかし、いねは時吉のいいなずけだった。好き合ってそうなったのではない。藩政をほしいままに牛耳ろうとした有泉一族が手を回し、藩で一、二を争う剣術の腕前を誇っていた磯貝徳右衛門を仲間に引き入れるべく、当人の意向とは関わりなく縁談をまとめてしまったのだ。

その後、心ならずも悪しき者たちに加担してしまっていたことを悟った磯貝徳右衛門は、一命を賭《と》して戦った。その結果、有泉一族は一掃され、藩政は危ういところで正された。

有泉いねの身がどうなったか、風花峠を越えるときに二人の勤番の武士から聞いた。そして、郷里に帰り、思わぬかたちで再会することになった。

「ご無事でしたか」

時吉はようやくそう言葉を発した。

「……はい」

尼になったいねが短く答える。

また言葉が途切れた。山から颪《おろ》す冷たい風が、枯れ草を散らしながら吹きすぎていく。

「こんなところで立ち話では寒うございます。よろしければ、わが庵《いおり》にてお茶でもいかがかと」

尼は上品な口調としぐさで言った。

いくらか迷ったが、ここで断れば、二つの道はもう二度と交わるまい。

時吉はそう思い、庵に寄っていくことにした。

「分かりました。いただくことにいたします」

「では、こちらへ」

笑みを浮かべると、なおさらかつての面影が濃くなった。

「ところで……」

時吉はふと思い当たってたずねた。

「わたしはのどか屋の時吉と名を改めていますが、あなたは？」

かつての有泉いねは、ひと呼吸置いてから答えた。

「慈光尼《じこうに》と申します」

三

すがしい庵だった。

大和梨川は焼き物も盛んだ。ほのかに緑がかった釉《うわぐすり》が美しい大和梨川焼の一輪挿しに、白菊が姿やさしく活けられている。

小体《こてい》ながら、きれいに掃き清められた庭が見える。慈光尼が餌を撒いたのか、鳥が二、三羽、土の上を跳びはねては何かをついばんでいた。

庵にあがった時吉は、慈光尼がたてた茶をいただいた。茶は供の者にもすすめられたのだが、気を利かしたのか、あたりを歩いてくると言って姿を消した。広からぬ庵の中は、時吉と慈光尼だけになった。

「どうぞ」

素焼きの器にいれた茶を、慈光尼は静かにすすめた。

「いただきます」

作法を思い出しながら、時吉は器を手に取り、ゆっくりと味わった。

深い味だった。

いくらか呑んだところで、時吉は緑色の茶をしみじみと見た。

冬の日ざしが滑るように差しこみ、茶の面を照らしている。その底に、過去のさまざまな出来事がすべて沈んでいるような気がした。

さらに味わう。

茶の苦さが、心にしみた。

悔いたこともある。やり直してみたいと思うことも多い。

だが、それも人生だ。

かつてのいいなずけがいれてくれた茶は、人生の味がした。

「結構なお点前《てまえ》でございました」

時吉はていねいに礼をした。

「不調法でございました」

慈光尼も返す。

しばらくは、二人とも黙ったまま風の音を聞いていた。

吹き過ぎていくのは風だけではない。そこはかとなく過去も交じっているかのようだった。

「こちらには、いつお帰りで？」

ややあって、慈光尼がたずねた。

「暮れに戻りました。病の床に伏しておられる殿が江戸の味をご所望になられたもので、奇《く》しき縁で」

「奇しき縁……さようでございますね」

わが身の上をさりげなく重ね合わせて、慈光尼は言った。

「こちらには、あれからずっと？」

「あれから……わが姓《かばね》を捨て、髪をおろしてからは、仏の身に仕えるべく修行をいたしました。それから、人のすすめに従い、無住《むじゅう》だったこの寺に移り住んだのです」

「そうでしたか」

「のどか屋、と申されましたね？」

「はい」

「江戸で見世を開いていらっしゃるのですか？」

慈光尼はたずねた。

「ええ。一度、焼けてしまいましたが、べつの町にのれんを出し、幸いなことにご愛顧をいただいております」

「そうでしたか。火事では、お身内の方はご無事で？」

「幸いにも、無事でした」

「それはようございました」

「焼け出されたのが縁で、いまの女房と所帯を持ちました」

時吉はそう打ち明けた。

「お子様は？」

「息子が一人、昨年生まれました」

「かわいい盛りでございますね」

どこまでも穏やかな顔つきで、慈光尼は言った。

「ええ……いまどうしているか」

思いが胸に迫った。

江戸ののどか屋は遠い。再び千吉の顔を見られるかと思うと、何とも言えない心地がした。

また言葉が途切れた。

慈光尼が庭を見る。日ざしがいくらか濃くなった。

「縁、とは不思議なものでございますね」

と、かつての有泉いねが言う。

「わたしもそう思います」

時吉は素直に答えた。

「わが一族は四散してしまいましたが、それは己《おの》が罪によるもの。自業自得でございます。一族になりかわり、わたくしも日々、罪をつぐなっております」

「いねどの……いや、慈光尼さまも人生を犠牲にされたのでは？」

少し胸の痛みも覚えながら、時吉は言った。

「いえ、これでよかったと思っております」

慈光尼は変わらぬ口調で言った。

「後悔はない、と」

「後悔しても、致し方ありますまい。これがさだめだ、と観じるのがいちばんでございます」

尼はそう言って、そっと両手を合わせた。

「たしかに、そうかもしれません。さだめの流れにしたがって、わたしはいまここでこうしているのでしょう」

心の中で自らも両手を合わせる思いで、時吉は答えた。

「今日もまた、人生の一日です」

慈光尼の声音が少し変わった。

「人生の一日……」

「さようです。長い山あり谷ありの人生ですが、改めて考えてみれば、一日一日の積み重ねです。あるいは、一時《いっとき》一時の積み重ねが、やがては川の流れのごとくに人生になっていきます」

時吉はうなずいた。

「わたくしのような者のところにも、法話を聞きにいらっしゃる方がおられます。そういった方々には、いま申し上げた『人生の一日』のお話をよくいたします」

「はい」

「一日一日を、一時一時を、よりよく生きるように心がける。そうすれば、悔いは残らない。このところ、とみにそう思うようになりました」

慈光尼の教えは、時吉の心にしみた。

「料理人にとってもそうです。せんじつめれば、一皿一皿、一椀一椀の積み重ねですからね」

「そのお気持ちがあれば、のどか屋さんは長く繁盛されるでしょう。わたくしは江戸へは参れませんが、陰ながら無事をお祈りしております」

慈光尼は再び両手を合わせた。

「ありがたく存じます。……では、夕餉の仕込みもございますので」

時吉は一礼してから腰を上げようとした。

そのとき、慈光尼の顔にさざ波めいたものが走った。いままでは見せたことのない表情だった。

「一つだけ……申し上げておきたいことがございます」

意を決したように、慈光尼は言った。

「何でしょうか」

「身内の恥をさらすようですが、わが有泉の血を引く者のなかには、草深き山中に身を隠し、失地回復の機会を虎視眈々《こしたんたん》と狙っておる者もあります」

「それは耳にしております」

「さようですか。……浅ましいことに、風花峠のあたりに根城を築き、追剝《おいはぎ》まがいのことをしている者もいるとか。その者たちは、磯貝徳右衛門のことを決して忘れてはいないでしょう。磯貝徳右衛門なかりせば、と理不尽な逆恨みをしている者もいるに違いありません。どうか、くれぐれもお気をつけくださいまし」

心の底からの忠告だった。それも時吉の琴線《きんせん》に触れた。

「分かりました。重ね重ね、ありがたく存じます。……では、これにて」

思いを断ち切るように、時吉は立ち上がった。

「そこまでお見送りいたします」

慈光尼も庵を出て、寺の外まで送ってくれた。

供の者が待っていた。

「では」

時吉は短く告げた。

慈光尼とは、これが一期一会《いちごいちえ》になるかもしれない。

永《なが》の訣《わか》れになってしまうかもしれない。

しかし、その言葉は忘れるまい。この先、人生の道が尽きるときまで。

時吉はそう心に堅く誓った。

半町ほど進んだところで、時吉は一度だけ振り向いた。

慈光尼は両手を合わせて頭を下げた。

万感の思いをこめて、時吉も一礼した。

そして、寺町の角を曲がった。

第八章　味の船

一

翌日はいい日和になった。

夏は暑く、冬は寒い盆地だが、このまま春になってしまいそうな陽気だった。

昼ごろ、御側役が城の厨にやってきて告げた。

「今日なら、月見櫓でもさほど冷えるまい。雑煮を頼む」

「承知いたしました」

時吉はすぐさま答えた。

朝から待っていたのだ。どのような雑煮にするか、もう頭の中でおおよその絵図面はできていた。

「念のために言っておくが、殿はかむお力が弱っておられる。餅はなるたけ小さくしてくれ」

御側役が言った。

「はい、心得ております」

時吉は引き締まった顔で答えた。

まず餅をつくところから始めた。むろん、殿のお椀に入るのはごくわずかだが、ほかとは区別して気を入れてつくった。

御膳番の配下に、餅を担当する者がいる。その者と声を合わせて、時吉は藩主の口に入る餅をついた。

かしらもねじり鉢巻きで場に臨んでいた。臼《うす》を押さえているだけだが、気合は存分に伝わってきた。

「江戸は角餅でしたな?」

つきあがったところで、かしらがたずねた。

「そうです。乾いたところで小さく切ればいいでしょう」

時吉が答える。

「大和梨川は白味噌仕立てにしますんやが、江戸では?」

「すまし汁です。味噌は使いません」

「なるほど。具は？」

「さまざまな具が雑多に入っているから雑煮という名がついたのです。べつにこれを入れねばという決まりはないのですが、大根や芋はまず入るところでしょう」

「生《しょう》のものは入りませんか」

「江戸では鴨の肉を入れることがありますが、殿の胃の腑にはいささか強すぎるかと存じます」

「鴨を調達せいと言われても、ちと困りますからな」

そんな会話をしているうちに、だんだんに具の細かいところまで決まってきた。

思い出多き月見櫓で、殿が恐らくは最後に召し上がる雑煮だ。料理人にしくじりは許されない。

しかし、料理人の我《が》を見せてはいけない。

勇んでむやみに具を入れても、弱った胃の腑の重荷になってしまう。具はできるだけ絞って、彩りも美しいものにしなければならない。

時吉は思案した。

あれこれと天秤にかけ、最後に外したものもあった。

冬の日は短い。早くも日は西に傾きはじめた。

月見櫓の雑煮の具は、ようやくすべて決まった。

二

まだ細いが、いい色合いの月が天空に懸かった。

その月あかりは、久しく使われていなかった月見櫓の床をしみじみと照らした。藩主がお渡りになると聞き、くどいくらいに床が拭かれた。おかげで檜の床板はつややかに光っていた。

藩主の寝所がある本丸とは、短い渡り廊下でつながっている。月を愛でるばかりでなく、能を舞う舞台にもなっていた。先代の藩主は愛妾とここで臥《ふ》し所《ど》をともにしたと伝えられている。

その月見櫓に、当主の筒堂若狭守が久方ぶりに姿を現した。

もっとも、もはや自力で歩く力は残されていなかった。病み衰えた藩主は、御側衆と小姓に身を支えられながら、やっとの思いで膳の前に座った。優雅な猫足のついた黒塗りの膳だ。

時吉は御膳番などとともに平伏して時を待っていた。

御側役からは、あらかじめ雑煮の椀を出しておくと言われていた。病身の殿をあまり夜風に当てるわけにはいかない。月見櫓にいる時はできるだけ短くしておきたいというのが御側役の意向だった。むろん、医師も同じ考えだろう。

そういうわけで、あらかじめ膳を用意し、殿がお出ましになるのを待つという段取りになった。

冷めにくい蓋付きの椀に盛ってあるが、あまり時が経つと熱が薄れてしまう。時吉は気が気でなかったが、どうにか冷めないうちに殿は姿を現した。

「大儀で……ある」

藩主はそう言うと、ひとしきり咳きこんだ。

「大丈夫でございますか、殿」

「舞良戸《まいらど》を閉めましょうか」

御側衆がうろたえて言う。

「よい」

藩主は短く制した。

「月を愛でつつ、余は……ここで、雑煮を、食す」

とぎれとぎれに言う。

時吉はかたずを呑んだ。

「では、お雑煮を」

「はい」

御側役が小姓に命じる声が響いた。

蓋が取られると、ほう、と声がもれた。

「のどか屋……」

じきじきにお言葉を賜った。

「はっ」

「江戸の、雑煮の、景色である」

筒堂若狭守は満足げに言った。

「味も、そのように按配しております。どうか、お召し上がりくださいまし」

語りすぎたかと思ったが、そう言わずにはいられなかった。語り終えた時吉は、また深々と頭を下げた。

「わが手で、食す」

小姓の介添えを拒むと、抜けるような白羽二重を身にまとった藩主は自ら箸を採った。木の香りが漂ってきそうな真新しい箸だ。

だしの香りが、真っ先にぷうんと鼻孔をくすぐった。

味噌汁では出せない香りだった。鰹と昆布でていねいにとっただし汁に、醬油をわずかに垂らし、塩で味を調えた汁だ。ごまかしは利かない。料理人の腕と舌、ひいては人生が味に出る。

藩主はまず大根を口に運んだ。薄い銀杏切りにした大根は、時吉が城下で穫ってきたものだ。米ぬかを入れて煮てていねいにあくを取った大根は、口の中で溶けそうなほどやわらかく煮てあった。

銀杏切りの大根は、舞扇のような姿をしていた。この月見櫓で能を舞っていた若き日のことを思い出しながらゆっくりと味わうと、藩主はいったん箸を置き、家紋が入った朱塗りの椀を両手で持った。

その手がいくらかふるえていたから、周りの者は案じたが、藩主は大過なく雑煮のつゆを呑んだ。

ほっ、と声にならない声がもれる。

続いて、小芋を口に運んだ。

六方を姿正しく剝き、これまた常よりやわらかく煮た。下味もついている。くどくならないほどに命のたれも加えた、やさしい煮物だ。

これは鞠《まり》のようだった。元気なころは、城内で蹴鞠《けまり》にも興じていた。一つ具を食せば、一つ思い出が浮かぶ。そんな雑煮だ。

箸がいくらか迷った。

藩主が次に選んだのは、彩りの筏《いかだ》のようになっている具だった。

ゆでて絞った青菜、筏のごとくに丸めた薄焼き玉子、緑と黄色が互い違いに置かれている。まるで春の畑を想わせるような美しい景色だった。

青菜は塩ゆでにし、玉子には砂糖を交ぜてある。そのあたりの味の按配にも抜かりがなかった。

「さながら、味の船のごとし……」

そう言葉を発したあと、藩主は何かしぐさをしたらしい、御側役から時吉に声がかかった。

「のどか屋の時吉、苦しゅうない、面を上げよ」

「はっ」

見ると、藩主の顔にはわずかに笑みが浮かんでいた。

「味の船に乗り、余は、江戸に参った。満足じゃ」

慈父のごとき表情で、藩主は告げた。

「ははっ」

時吉は再び礼をした。

ありがたいお言葉だった。料理人冥利に尽きる。

それに、味の船とは、まさに味な言葉だった。忘れるまい、と時吉は思った。

藩主はさらに雑煮を食した。

いよいよ次は切り餅だ。喉に詰まらぬよう、通常の四分の一ほどの大きさにした。

堅くなりすぎないように、焼きかげんには気を遣った。むろん、焦げてもいけない。

何か言われるかと案じていたが、藩主は無言で口を動かしていた。

時吉は何度もやり直し、「これだ」とひらめいたものを選んだ。

藩主は餅を食べ終わり、つゆをまたいくらか呑んだ。御側役も膳番も医師も、こぞって胸をなでおろしたように見えた。餅は喉に詰まることなく、滞りなく藩主の胃の腑に収まったのだ。

最後に残ったのは人参だった。これは小技を用い、花びらのかたちに切った。色が暗くならないように、薄口の醬油を使って煮て味をつけてある。箸でつまめばふるえだしそうなほど薄い。

「風情《ふぜい》である」

藩主の声が響いた。

心なしか、初めのお声より力がこもっているように感じられた。

時吉は感無量だった。

わが心は、通じたのだ。

年が改まったばかりで、四方を囲む山々を望めば、雪も随所に残っている。

だが、春になれば、雪は溶ける。殿の病も、雪と同じように消える。

そうして本復したあとの心弾む春の野遊びの景色を、時吉は雑煮の椀のなかに封じこめた。

人参の紅い花びら、大根の舞扇、小芋の鞠、青菜と薄焼き玉子の筏、そして、小川の中の石のごとき切り餅……。

そのすべての具を、藩主は残さず食してくれた。

「美味で、あった」

汁まで呑み終えると、藩主はゆっくりと椀を置いた。

「今生《こんじょう》の……雑煮であった」

呑み納めの、とはあえて言わなかったが、殿の気持ちは痛いほど分かった。

「不調法でございました」

喉の奥から絞り出すように、時吉は言った。

「忘れぬ美味であったぞ、のどか屋」

情のこもった声で重ねて言うと、藩主は静かに月を仰いだ。

まだ若い月の姿を、いくぶん目を細くして眺めた。

時吉も見た。

この先、終生忘れるまい、と思った。

殿とともに月見櫓から眺めた、かすかに青いこの月を……。

三

藩主の具合が悪くなったのは、それから二日後のことだった。

月見櫓へ足を運んだせいともかぎるまいが、風邪を召され、寝たきりで起き上がれなくなってしまったのだ。

城内は憂色に包まれた。

なにぶん殿は病み衰えておられる。ことによると、ささいな風邪が命取りになってしまうかもしれない。

もはや凝った料理は求められなかった。体をあたためる粥だけでよい、と時吉は言われた。

それでも、精一杯の思いをこめてつくった。

時吉が選んだ粥は、若狭の白粥だった。思い出の一椀だ。

大和梨川から江戸の上屋敷に赴き、家老にお目通りを願ったとき、有泉一族の息がかかった者たちと斬り合いになった。深手を負った当時の磯貝徳右衛門は、長吉屋のあるじの長吉と、のちに女房になるおちよの手で助けられた。

そのおりに供されたのが若狭の白粥だった。

粥そのものに味はついていない。塩気すらない、ただの白粥だ。

ここに葛あんをかけて食す。だし汁に醬油と塩を加え、仕上げに葛を溶いてあんをつくる。これを白粥の上にかけただけの素朴な椀だが、体の芯まであたためてくれる。

あのときの味を思い出しながら、時吉は若狭の白粥をつくった。殿は筒堂若狭守、その名とも響き合う。

粥づくりだけなら、さほどの時はかからない。残りは、かしらを初めとする料理人に江戸の味を伝えることに腐心した。だれ一人として江戸の味を侮《あなど》ることなく、手の内に収めようと熱心に聞いてくれた。

「あとは濃口のええ醬油さえ手に入れば、江戸の味をお出しできますな」

かしらが笑みを浮かべて言った。

「そうですね。当座はわたしが運んできた醬油で間に合うでしょう」

「命のたれの継ぎ足し方も教えていただいたし、これで『江戸の味が分からへん』と泣くこともなくなります。あとは……」

かしらは一つ嘆息してから続けた。

「殿のお具合が良うなられるのを待つばかりなんですが」

その言葉に、時吉も感慨深げにうなずいた。


翌日――。

御側役が厨にやってきた。

「のどか屋、殿はそなたに最後の椀を所望されている」

沈痛な面持ちで言う。

「最後の椀、でございますか」

時吉はそう問い返した。

「いかにも。『余は……』」

藩主の言葉を伝えようとして、御側役は言葉に詰まった。

うしろには御膳番も控えている。声をかけられたのか、原川新五郎と国枝幸兵衛の顔も見えた。

「『余は、もはや多くを食すことができぬ。余の身のことは、余が最もよく分かる』と仰せられ……」

御側役は厨の天井をつと見上げ、何度か目をしばたたいてから続けた。

「ついては、のどか屋」

「はっ」

「そなたは江戸に見世があり、家族もいる。料理の腕が振るえぬにもかかわらず、長く大和梨川に留め置くのは忍びない。わが厨に江戸の味を伝え終えたなら、再び風花峠を越え、江戸へ戻るべし……と、かように仰せられた」

御側役が伝えた言葉の意味を悟ると、時吉の心の芯のあたりに、熱き泉のごときものが生じた。

何というこまやかなお心遣いか……。

一介の料理人の身のことまで、かくも気遣ってくださる。

そう思うと、胸が詰まるばかりで言葉にならなかった。

それは原川と国枝も同じだったらしい。原川などは袖を目に当てて、嗚咽《おえつ》をもらしていた。

「それで……最後の椀を」

時吉はやっとの思いで言った。

「いかにも」

御側役はゆっくりとうなずいた。

「それが、別れの一椀《ひとわん》となる」

「別れの一椀……」

時吉はかすれた声で復唱した。

「殿は、江戸の味噌汁をいま一度、と所望されている」

「江戸の、味噌汁でございますね」

「そうだ」

「具はいかがいたしましょう」

料理人の顔に戻り、時吉はたずねた。

「何でもよい、そなたに任せる、と殿は仰せだ」

「心得ました」

「今生の別れの一椀だ。たましいをこめてつくれ」

御側役の声に力がこもった。

それに負けぬ声で、時吉は「はっ」と答えた。

四

具を選ぶにあたり、時吉はずいぶんと思案した。

この一椀が最後になる。今生の別れになる。

そう思うと、容易に決めることができなかった。

いつもの作務衣に身を包んだ時吉は、厨の隅に端座し、目を閉じて長い黙想をした。かしらもその弟子も声をかけなかった。時吉の考えが決まり、指示が出るまで、じっと黙っていた。

さまざまな思いつきが時吉の脳裏をよぎって消えた。なかには凝った具もあったが、これは料理人の我《が》にすぎない、と却下した。

そして、最後に二つの具が残った。

より正しく言えば、残ったのは二つの色だった。

紅と白。

言祝ぎの二色だ。

殿のお体が良くなるように。それによって、大和梨川藩が喜びに包まれるように……。

まずはその慶事の色は欠かせない。

これは大根と人参で表すことにした。ともに食べよいせん切りがいい。

紅白はそろったとはいえ、これだけではいささか景色が寂しすぎる。そこで、喜びの二色がより映えるように、青みを配することにした。

これには青葱を用いた。こちらは小口切りにする。

ここまで来れば、薬膳の五味《ごみ》とも照応《しょうおう》する五色《ごしき》に仕立てたかった。

残る二色は、茶と白にした。

茶は油揚げを用いた。よく油抜きをし、せん切りにした油揚げは、かみごたえのあるものとして生《しょう》のものの代わりに配した。

白は絹ごし豆腐だ。油揚げとは逆に、これはかまずとも、口中で淡雪のごとくに溶けていく。

豆腐はさいの目切りだ。味噌汁の椀の中では美しく映える。

こうして具が決まった。

大根、人参、油揚げ、青葱、それに、豆腐。

奇をてらった具は何一つない。

同じ白でも、大根は煮れば豆腐とは色合いが違ってくる。殿の快癒を願うさまざまな民のような、五色の具がそろった。

「よろしくお願い申し上げます」

仕上げに青葱をのせると、時吉は両手でうやうやしく椀を捧げ持ち、御膳番に毒味を頼んだ。

「よい」

無愛想だが、ときおり目に情の光をたたえる御膳番は、短く答えた。

「そなたがつくった味噌汁じゃ。そのまま蓋をせよ。冷めぬうちに、殿のもとへ運ぶことにしよう」

「はっ」

ありがたい言葉だった。時吉は一礼してから椀に蓋をした。

筒堂若狭守はもう床についたきりになっていた。

正室と奥女中、城代家老に御側役、それに医師と小姓、みな憂い顔で看病している。

その輪の中に、江戸から故郷に戻ってきた元藩士の料理人の時吉が加わっていた。

蚊帳の中に敷かれた家紋入りの布団に身を横たえた藩主の顔は、さらに痩せこけ、蒼ざめているように見えた。時吉は何とも言えない思いで控えていた。

「のどか屋の時吉が、江戸の味噌汁をつくってまいりました」

御側役が言った。

「さ、殿」

正室と小姓が手を差し伸ばす。

月見櫓で雑煮を食したときより、藩主はさらに衰えていた。もはや自力で身を起こすこともできない。

藩主が小声で何か言ったが、聞き取ることはできなかった。

椀の蓋が取られた。

ふわっ、と湯気が漂う。

藩主はゆっくりと口を開けた。わが手で木の匙を動かすことすらできなかった。

正室が匙で具をすくい、若狭守の口に運んだ。

側室はいるが、いたって夫婦仲は良いと聞いた。藩主の体が体でなければ、仲むつまじく見える光景だが、いまは涙を誘うばかりだった。末席に控えていた原川新五郎と国枝幸兵衛も、あふれ出てくるものを懸命にこらえている。

ひと匙、またひと匙……。

藩主は時吉がたましいをこめてつくった味噌汁を味わっていった。だれも言葉を発しない。ただ祈るように、殿の口元を見守っていた。

そのうち、藩主の口から、ほっ、とため息がもれた。

万感の思いのこもった声だった。

「まだ召し上がりますか？」

やわらかな声で、正室が問う。

藩主は静かにうなずいた。

そして、時吉のほうを見た。

声は発せられなくても、まなざしで分かった。

（美味である……）

筒堂若狭守は時吉にそう伝えようとしていた。

時吉は畳に額がつくまで頭を下げた。

これまで、あまたの客に数多くの料理をお出ししてきた。

(おいしいね)

(うまいなあ)

そう言ってくださるお客さんはたくさんいた。

客に貴賤はない。

わが料理を召し上がってくださる方は、客ということでは同じだ。どんな客にでも、料理人は皿を下からお出ししなければならない。ゆめゆめ上から出してはいけない。それが師の長吉から学んだ教えだった。

だが、それでも……。

いまの藩主のまなざしは心にしみた。忘れるまい、と時吉は思った。

残りの味噌汁を、藩主はひと匙ずつ呑んでいった。そして、椀がほぼ空になったとき、ゆっくりと片手を挙げた。その手は、小刻みにふるえていた。

「殿……」

御側役が身を乗り出した。

藩主が何か身ぶりをしたらしい、時吉に声がかかった。

「のどか屋、面を上げよ」

「はっ」

時吉は顔を上げた。

藩主は大儀そうに脇息に身をあずけていた。

うなずく。

時吉もまた、唇をかんだままうなずいた。

「のどか屋……」

別れの一椀を呑み終えた筒堂若狭守は、雑煮を食したときよりずっとかすれた声で言った。

「はい」

時吉は一語を返した。

いくらか間があった。

筒堂若狭守は、江戸の味噌汁を味わったばかりの胃の腑の底から絞り出すような声で言った。

「達者で、暮らせ……」

藩主はそう言った。

時吉の身の内を、あたたかいものが満たしていった。

体の芯に、熱き泉ができた。

その泉からしたたるものは、あとからあとからあふれて畳の上にこぼれた。

「お答え申せ」

御側役がうながす。

一瞬、時吉は言葉に詰まった。

どう言えばいいのか、さまざまな思いがあふれるばかりで、言葉が何も出てこなくなった。

しかし……。

思いの水の流れは、ほどなく同じ向きに流れ、ある一つの言葉に収斂《しゅうれん》していった。

料理人になってから、いくたびも客にかけてきた言葉を、時吉は最後に発した。

「ありがたく存じました」

藩主はうなずいた。

それが、今生の別れになった。

第九章　風花峠

一

「今夜は冷えますね」

おちよが言った。

「大和梨川も、さぞかし冷えるんだろうねえ」

一枚板の席で猪口を傾けながら、隠居の季川が言った。

「春になったら、無事戻ってくるんだろうかね」

その隣で、人情家主が小首をかしげる。

「もう春は立ってますよ、源兵衛さん」

「ああ、そうか。でも、まだ名のみの寒さだから」

源兵衛は襟元に手をやった。

「まあ、そんな時分に、こういったあったけえものはこたえられないね」

湯屋のあるじの寅次が笑う。

常連の三人が一枚板の席に並んでいる。座敷に陣取っているのは、これまた顔なじみの職人衆だ。ちょうどいまは、厨に立っているおちよの代わりに千吉の歩く稽古に手を貸してやっているところだった。

「おう、二代目。その調子だぜ」

「曲がってるほうの足にうまく体が乗ったら、ちゃんと歩けるんだがな」

「よしよし、わらべは泣くのも稽古のうちだ」

口々にそう言って相手をしてくれるから、おちよとしてはずいぶんと助かっていた。

「ありがたく存じます。風呂吹き大根ができましたので、冷めないうちに」

おちよは笑顔で大きな鉢を座敷に運んでいった。

「おう、来た来た」

「こいつぁうまそうだ」

「いい香りがするぜ」

職人衆がすぐさま箸を伸ばす。

厨では時吉の弟弟子の新吉《しんきち》が手を動かしていた。初めのころに比べれば、だんだんに口数も増えてきた。もとより腕はいい。いずれ所帯でも持って、おちよのようないおかみに恵まれれば、さぞや繁盛する見世のあるじになれるだろう、とは常連のもっぱらの声だった。

「ほっこりと煮た大根に、味噌がまたうめえんだ」

寅次が言う。

「うまいねえ、この味噌は」

「玉子と柚子《ゆず》がまた絶妙だね」

家主と隠居が感に堪えたように言った。

黄金色の練り味噌がのった風呂吹き大根のつくり方は、こうだ。

大根の皮は、筋のところまで厚くむく。煮崩れないように、すべて面取りをして形を整える。

普通は輪切りにし、隠し包丁を入れるのだが、時吉の弟弟子は大きめの乱切りにした。煮るのにいくぶん手間はかかるが、こうしたほうが盛ったときに山のような風情になり、黄金色の練り味噌がのった景色がさらに映えるのだそうだ。

大根は米のとぎ汁で下ゆでをする。そうすれば大根の臭みが取れ、やわらかくなって芯からうま味を引き出してくれる。

続いて、いよいよ大根を煮含める。だしに酒と塩と醬油を加え、濃いめの味にととのえる。

途中で大きめに四角く切った昆布をさしてやるのも骨法《こつぽう》だ。落とし蓋というほどではないが、鍋にかぶせるように広げて置けば、だんだんに味がしみ出してくる。

大根を煮るかたわら、黄金味噌をつくる。

玉子の黄身に白味噌、酒、味醂、それに砂糖を鍋に入れ、弱火でじっくりと練り上げていく。小半時ほど経ち、へらですくってもたれないほどになったらできあがりだ。

これだけでも十分にうまいが、ここにさらにおろし柚子を加える。味噌が固くなったら、だしでいくらかのばすようにして交ぜれば、まろやかな仕上がりになる。

このつややかな黄金色の柚子玉子味噌が、存分に味を含んだあつあつの大根の上にかけられる。冬場はまさにこたえられないうまさだ。

「うめえなあ」

「あるじが留守でも、のどか屋の料理はほっこりだぜ」

座敷に笑顔の花が次々に咲く。

「大根と味噌が夫婦《めおと》みてえじゃねえか」

「うめえことを言うな」

「ちょいとここは、大根が遠出してるけどよ」

職人衆の一人が座敷を指さしたから、おちよは少しあいまいな顔つきになった。

「上方の大根はずいぶんうまいそうだからね。なおさらいい味になって帰ってくるよ、時さん」

さすがに年の功で、季川がすかさず言った。

「だといいんですけど」

そう答えたおちよの足元に、のどかが、すりっ、と身をこすりつけた。

ちのはふわわわっと大きなあくびをしたかと思うと、前足をそろえて伸びをした。

短いしっぽがぴんと立つ。

もう一匹のみけは座敷でまるくなっている。

「座布団と間違えるとこだったぜ」

「三色のいい座布団があると思ったら、猫かい」

客がよくそんな軽口を飛ばす。

だが……。

やまとの姿だけがなかった。ただ一匹の牡猫は、いまだに帰ってこない。

先の大火ではぐれてしまったのどかとは再会できたけれど、やまとはもう帰ってこないのではないだろうか。

そんな気がしてならなかった。


「明日は休みだろう？　心配だったら、どこかへお詣りに行けばいいよ」

家主が言った。

「そうですね。大きな仕込みもないし、千吉を背負って」

と、おちよ。

「浅草寺《せんそうじ》あたりはどうだい？」

隠居が水を向けたが、おちよは乗ってこなかった。

「あそこのおみくじはよく凶が出るそうなので」

「はは、そうかい。なら、無理には勧めないがね」

そうこうしているうちに、次の料理ができた。

「おっ、またうまそうなものができあがったね」

寅次が身を乗り出した。

「海老の鬼殻焼きで……」

「もっと威勢よく言いなよ。そのほうがうまそうだぜ」

「相済みません」

まだ客あしらいの甘い弟弟子は頭を下げた。

「香りがこっちまで伝わってきたな」

「座敷も頼むぜ」

座敷で手が挙がる。

鬼殻焼きは大ぶりのいい海老が入ったときしか出さない。背に包丁目を入れてわたをきれいに取り、金串を打ってからさっと醤油を塗る。

これを火でほどよく焼く。途中でまた刷毛で醤油を塗る。色よく焼きあがれば、香ばしい海老の鬼殻焼きのできあがりだ。渋めの皿に盛り、杵生姜《きねしょうが》を添えてお出しする。

「身がなんともうまいねえ」

隠居がうなった。

「こういった海のものは、大和梨川にはないでしょうな」

と、家主。

「そりゃ、山へ運ぶ途中で芋に化けちまいますよ」

湯屋のあるじがとんでもないことを言い出したので、のどか屋に和気が満ちた。

歩く稽古に疲れたのか、千吉が急にぐずりだした。

「おっかさんのとこへ行きな」

「おとっつぁんは、もうじき帰《けえ》るからよ」

「たんと土産を持って帰ってくれるぜ」

職人衆がなだめる。

「あしたはお詣りに行くからね。もうだいぶ重いけど」

おちよは背に負うしぐさをした。

「疲れたら駕籠にすればいいよ」

季川が声をかけた。

「ええ、そのつもりです」

厨で新吉が手を挙げた。次の鬼殻焼きができるらしい。

「いまお持ちしますので。……さ、こっちへおいで」

千吉を抱き寄せると、おちよは厨に向かった。

二

故郷を去る日がやってきた。

江戸から戻るときと同じく、原川と国枝が付き従う。風花峠を越えて伊勢へ出れば、ひとまず安心だ。

「お世話になりました」

城の厨で、時吉は料理人のかしらに向かって頭を下げた。

「こちらこそ、江戸の味を教えていただいて、えらい世話になりました」

気のいいかしらは、いくらかうるんだ目で言った。

うしろに控えた料理方の面々も頭を下げる。短いあいだだったが、時吉はすっかり城の厨になじんだ。どの料理人も別れを惜しんでいた。

「殿の……」

そう切り出したものの、時吉はにわかに言葉に詰まった。

さまざまな思いを断ち切り、かしらの目をまっすぐ見て続ける。

「粥などを、どうかよしなに」

「承知いたしました」

かしらは深々と頭を下げた。

「殿のお食事は、毎日、精一杯おつくりしますので」

「はい」

「それから、あれも継ぎ足しながら、大事にさせてもらいます」

かしらがそう言って指さしたのは、蓋付きの大きな瓶だった。中には命のたれが入っている。

「ありがたく存じます。あのたれがあれば、江戸から大和梨川へ、味の船がたちどころに流れてくることでしょう」

「味の船が……」

「ええ。大工衆がつくった船だと、江戸からたどり着くまで何日もかかります。そもそも、海や大きな川のない土地へは行くことができません」

「ここもそうですね」

かしらは下を指さした。

大和梨川を流れているのは、服部川《はっとりがわ》という小さな川だ。精霊流《しょうりょうなが》しの舟くらいしか浮かばない。

「味の船なら、どこへでも流れます」

時吉はさらに言った。

「船着き場のない山の中でも、なつかしい遠い昔へでも、どこへだって流れていけるんです」

かしらは感慨深げにうなずいた。

「殿は……味の船に乗って、江戸へ参られました。まだお元気だったころに、戻られました」

息を含む声で言う。

「その船を、継いでいただければ」

「承知いたしました。われわれにお任せください」

かしらの声に力がこもった。

「では、どうかお達者で」

「のどか屋さんも、お達者で」

二人の料理人は最後のあいさつを交わした。

午《ひる》にはまだ間があるが、難所の風花峠が待っている。時吉と二人の勤番の武士は先を急いだ。

城を去るとき、時吉は歩みを止め、うしろを見た。

大和梨川城の甍《いらか》、ことに月見櫓のそれが冬の日ざしを受けてつややかに光っている。

まるで夢まぼろしのごとくにそこにある。

(殿……)

心のうちで、時吉は告げた。

(時吉は、江戸へ帰ります。

どうかご無事で……)

ごく自然に、頭《こうべ》がたれた。

天守のほうへ向かって、時吉はずいぶん長く礼をしていた。

「ほな、そろそろ」

国枝が声をかけた。

「はい」

「天に任せるしかない。とにかく、江戸ののどか屋に帰らんとな」

用心棒のいで立ちの原川が言った。

「承知しました」

時吉は答えた。

そして、何かを思い切るように向きを変えた。

それきり二度と城を見ようとはしなかった。

三

「ほんとに重くなったねえ、おまえ」

おちよは背に負うた千吉に向かって言った。

「うまー、うまー……」

千吉は言葉のようなものを発した。

このところ、ずいぶんと声が出るようになった。泣いてばかりいた赤子のころとは違って、千吉なりの言葉で表すようになってきた。

そのなかでもよく口にするのが「うまー」だった。さすがは小料理屋の跡取り息子だ、とはもっぱらの声だが、おちよには分かっていた。母のことをそう呼んでいるのだ。

「はいはい、ここにいますよ。もうちょっとだからね」

おちよは笑顔で言った。

「おとうが無事帰ってくるように、お祈りしようね」

そう声をかけると、千吉は、

「とう、とう……」

と、あどけない声で答えた。

ほどなく着いた。

おちよがお詣りの場所に選んだのは、出世不動《しゅっせふどう》だった。

かつて三河町にのどか屋ののれんを出していたころ、時吉とともによくここへお詣りに訪れた。さほどの名所ではなく、境内も狭いが、おちよにとっては思い出がいっぱい詰まったかけがえのない場所だ。

「下ろすよ、千吉」

おちよは慎重にわが子を下ろし、ゆっくりと手を引いて前へ進んだ。

向きが曲がっているほうの左足を前へ出し終わるのを見計らって、少し持ち上げるようにして手を引いてやる。そうすれば、いたってゆっくりした歩みだが、千吉は前へ進むことができた。

「さ、着いたよ」

おちよは本殿の前で歩みを止め、礼をしてから頭を下げた。

「お祈りするから、ちょっと待っててね」
「とう……とう……」
何がなしに物悲しい声で、千吉が言う。
「そうだよ、おまえのおとうの無事を……」
そこまで言ったとき、おちよは胸騒ぎを覚えた。
(いま祈らなければ。
あの人の身に、何かが起きる。
いまにも悪いことが起きようとしている)
おちよは目を閉じた。
出世不動に向かって祈る。
かつて時吉と何度もそうしたように、両手を合わせて祈る。
(どうかあの人をお守りくださいまし。
のどか屋の時吉を、江戸へ無事戻してくださいまし。
この千吉の父を、お戻しくださいまし……)
必死の祈りだった。
母の思いが伝わったのか、着物の帯をつかんだまま、千吉も何とも言えない顔つきでたたずんでいた。
（こたびは出世は祈りません。
いまのままののどか屋で結構でございます。
そのあるじを、大和梨川から江戸へ、どうか無事お戻しくださいまし。
お願い申し上げます）
長い祈りが終わった。
おちよは目を開けて西の空を見た。
遠くで何かが光った。
稲妻とおぼしいそのひらめきを、かすかに目にすることができた。

四

畑と杣家《そまや》が消え、峠道が始まった。

城を出るときは日ざしがあったのに、いまの空は重い雲に覆われている。その陰鬱な灰色の空から、ぽつりぽつりと落ちてくるものがあった。

「雨か」

原川新五郎が空を仰いで言った。

「雪に変わりそうや。たぶん、霙《みぞれ》になる」

国枝幸兵衛が顔をしかめる。

「先を急ぎましょう」

時吉は少し足を速めた。

「そやな。いきなり吹雪になったら難儀やさかい」

「間の悪いことや」

二人の勤番の武士も続く。

国枝の言うとおり、雨は霙に変わった。べたべたとまとわりついてくる重い霙だ。

笠はかぶっているが、風向きによっては顔にふりかかってくる。

「もうちょっとや」

「峠を越えたら、ひと息入れよか」

「そやな。喉も渇いてきた」

瓢簞《ひょうたん》の中身は酒ではない。ただの茶だが、疲れた体にはよくしみる。

やがて、峠に着いた。

見憶えのある杭と、道祖神があった。

「着いたで」

「ひと休みするか」

伊勢参りのあきんどとその用心棒に扮した二人は歩みを止め、路傍の石に腰を下ろそうとした。

そのとき、時吉は気づいた。

霙が斜めに降る峠の一帯はもやっていて、来し方もゆくえもあいまいにかすんでいた。そのさだかならぬ場所が揺らぎ、人影が現れたのだ。

「危ない！」

思わず時吉は叫んだ。

原川と国枝は体勢を立て直し、木陰へ素早く身を隠した。山中で危難に遭いそうになったときは、まず身を守るのが肝要だ。

間一髪だった。

何者かが放った矢は、近くの立ち木に突き刺さっていた。

「だれや」

「山賊か」

二人が短い声をあげる。

降りしきる霙のなかから、影が三つ、わらわらと現れた。

いずれも総髪に髭面、鬼のごとき風貌の者たちだ。

太刀に鎖鎌《くさりがま》に弓、それぞれが剣呑な武器を手にしている。

「磯貝徳右衛門だな？」

太刀を握った男が、じりっと間合いを詰めてきた。

「そんなやつはおらん。ここにいるのは江戸の料理人やで」

刀の柄《つか》に手をかけて、原川が言った。

「隠しても無駄や」

かしらとおぼしい男は鼻で嗤《わら》った。

「のどか屋の時吉と名乗っている料理人は、元は大和梨川藩士の磯貝徳右衛門や。おまえのせいで、わが有泉家はお取り潰しになってしもたんや」

「そや。積年の恨み、いまこそ晴らしたるで」

大男が鎖鎌をゆっくりと回しはじめた。額に向こう傷のある凶相の男だ。

「磯貝徳右衛門、おまえがおったせいで、わしらはこんな山奥で暮らさなあかんようになってしもた。目にものを見せたる」

もう一人が弓に矢を番《つが》えた。

非もなかった。
ところから包丁を取り出した。
元有泉いねの慈光尼の言葉を受け、この風花峠を越えるまでは、いざ事あらば包丁を武器として使うことに決めていた。刃物をそのような用途に使うのは忸怩《じくじ》たるものがあるが、致し方ない。

「死ね」

矢が放たれた。

時吉の右手がすぐさま動いた。

元は大和梨川藩でも一、二を争う剣士だった。若年のころに厳しい修業を積んだ腕と勘はまだ衰えていなかった。

カン、と渇いた音が響いた。

矢が逸《そ》れ、近くの立ち木をかすめて落ちる。

「覚悟せい！」

かしらが太刀を構えた。

「わしに任せい」

原川が抜刀し、迎え撃つ。

互いの初太刀《しょだち》で火花が散った。

どちらも偉丈夫だ。ともに一歩も引かない。

「思い知れ！」

時吉のもとへは、鎖鎌の遣い手が襲ってきた。

いったん身を伏せてしのぎ、中腰のまま素早く走る。

包丁の刃と柄は短い。これでまともに鎖鎌を受けようとしたらやられる。ここは時を稼ぐしかなかった。

そのあいだにも、弓矢を番えた第三の男がひそかに狙いをつけていた。

「うっ」

鋭く放たれた矢は、時吉の着物をかすめていった。

「助太刀や」

原川は機を見て脇差を抜き、国枝のほうへ放り投げた。

「う

時吉はふ

扮した相棒が拾って構える。

のような体力には恵まれていない。脇差を構えたものの、国枝の腰は見

けていた。

霙は小止みになったが、空模様は依然として怪しかった。今度は雷鳴が轟《とどろ》いた。激しい稲妻が閃く。

鎖鎌の男は、なおも時吉に鋭く狙いをつけた。

時吉は包丁を構え、折にふれて挑みかかるように動かした。鎖鎌が虚空《こくう》を切り、木に絡みついたりすれば攻勢に転じることができる。敵の攻撃をかわしながら、そのときを粘り強く待っていた。

いつのまにか、峠からいくらか下っていた。

左は剣呑な崖になった。まだ根雪が残っている。ひとたび足を滑らせれば、谷底へ落ちてたちどころに落命してしまうだろう。

「有泉一族の恨み、思い知れ！」

山賊と化したかしらが太刀を振るう。

「うぬらは大和梨川の恥や。成敗してくれるわ」

原川が迎え撃つ。

二人の偉丈夫の戦いはいつ果てるともなく続いた。

「ていっ」

また鎖鎌が飛んできた。

時吉の包丁は、鎖鎌の賊の脾臓を背後から貫いていた。

手ごたえがあった。

しかし、ありすぎた。にわかには抜けないほど、時吉の包丁は賊の体に深々と突き刺さっていた。

「この野郎！」

太刀のかしらの血相が変わった。

ちょうど原川とは間ができていた。かしらは自在に動くことができた。

太刀を握った偉丈夫は、猿《ましら》のごとくに時吉のほうへ動き、やにわに太刀を振り上げた。

応戦しようにも、包丁は抜けない。

あわてて立ち上がろうとした時吉の足が滑った。折からの霙で土が濡れていた。そのせいで踏ん張りが利かなかった。

時吉は地に尻餅をついた。

その視野いっぱいに、太刀を大上段に振りかぶった賊の姿が映った。

時吉は観念した。

もう駄目だ、と思った。

その瞬間、だしぬけにおちよの顔が浮かんだ。

何かに向かって心をこめて祈っているおちよの顔が、いやにくっきりと浮かんだ。

どこかで猫がないた。危急を告げるかのような声だった。

長い、一瞬だった。

再びおちよの顔が浮かんだとき、ついぞ聞いたことのない大きさの雷鳴が轟き、閃光が放たれた。

あたりはまばゆい光で包まれた。

「ぐっ！」

賊は言葉にならない声を発した。

その体からは煙のごときものが立ちのぼっていた。

雷《いかずち》が落ちたのだ。

怒れる天の一撃のような雷は、賊の太刀を直撃していた。

ぼろぼろになった太刀が落ちた。

賊の眼がいっぱいに見開かれる。

原川が近づいた。

「観念せい」

ひと声発すると、原川は袈裟懸《けさが》けに断って捨てた。

刀で終わった。

賊の体は大きく揺らめいた。

そして、ゆっくりと仰向けに倒れていった。

五

「幸兵衛！　幸兵衛！」

谷に向かって、原川が叫んだ。

「国枝さま、ご無事で？」

時吉も問う。

ややあって、下のほうから弱々しい声が響いてきた。

「木ィに引っかかってるんや……」

姿ははっきり見えないが、とりあえず命は無事のようだ。

「しっかりせい。おのれの力で上がれるか？」

原川がたずねる。

「無理や……木ィをつかんでるだけで精一杯や。それも、みしみし言うてるねん。そのうち折れてしまう」

おびえを含む声が返ってきた。

原川と時吉は顔を見合わせた。

賊は倒したが、一難去ってまた一難だ。崖の途中でからくも止まっている国枝をここから助けにいく道など、むろんあるはずがない。

そのとき、天啓が閃いた。

料理人として見世を長年やっている。そういった細かい知恵はすぐさま回るようになった。

「これで縄の代わりを」

時吉は着物を脱いだ。

「ん？　丈が足らんぞ」

原川はけげんそうな顔つきになった。

「切って長くすればいいんです」

時吉が答えると、原川はただちに呑みこんだ。

「心得た」

今度は谷のほうへ声をかける。

「幸兵衛、いまから服をつなげて縄をつくるからな。しっかり木ィを握っとれ。辛抱しとれ」

「わ、分かった……」

「縄が降りてきたら、ぎゅっとつかめ。二人掛かりで引っ張り上げたるさかいに。ええか？　絶対に焦るな」

朋輩《ほうばい》に向かって、原川は必死の形相で告げた。

国枝の返事はなかった。もう声を出す気力もあまり残っていないらしい。

「寒いけど、しゃあない」

原川も着物を脱いだ。

時吉は包丁をその手に取り戻し、不浄のものをていねいに拭った。そして、禊《みそぎ》をするように一礼してから手に握り、脱いだ着物を縦に切り裂きだした。

「しっかり結ばんとな」

細長い布になったものを、原川が力をこめて結ぶ。大人の体を支える命綱だ。途中で切れたりしたら、今度こそ谷底へ落ちてしまう。

ほどなく、縄ができた。

「引っ張ってみよか」

「はい」

二人は着物でつくった縄の強さをたしかめてみた。

「よっしゃ。幸兵衛は軽いほうや。これでなんとかなるやろ」

原川はそう言うと、崖のほうへ歩み寄った。

「幸兵衛、いまから縄を下ろしたる」

「頼む……」

下のほうから、差し迫った声が返ってきた。

「しっかりつかんだら、合図をしてくれ。焦らんでええ。できれば、縄を体に巻きつけるようにしてくれ」

原川の指示は的をついていた。最後の詰めが何より大事だ。

「心得た……頼む」

国枝は重ねて言った。

「ほな、行くぞ。一《ひ》の二《ふ》の、三《み》っ！」

掛け声を発して投じた縄は、国枝が引っかかっているとおぼしいところへ落ちていった。長さは申し分がない。あとは届くかどうかだ。

縄の端を、原川と時吉がつかんだ。合図があれば、あとは一気に引けばいい。

「もうちょっとや……」

国枝の声が耳に届いた。

「無理するな、幸兵衛。じわっと足場を変えていけ。ゆっくりでええ。焦ったらあかんぞ！」

原川が声を張り上げる。

だが……。

まもなく、崖のほうから悲鳴が響いた。

「うわっ！」

手ごたえがあった。

縄がぐっと引かれた。

「引け！」

原川が命じた。

時吉はおのれの体重をすべて乗せて縄を引いた。

国枝はどこかで足を滑らせたとおぼしい。しかし、縄さえしっかり握っていれば引き上げられる。

「離すなよ!」

原川が叫び、鬼のような形相で縄を引いた。

「痛い!」

国枝が叫ぶ。

委細かまわず、原川と時吉は息を合わせて縄を引いた。

そう叫ぶ声が近くなったと思うと、だしぬけに手ごたえがなくなった。

「痛い痛い痛い」

「うわっ」

時吉はうしろに倒れた。

「幸兵衛!」

原川が駆け寄る。

そこには、国枝幸兵衛の姿があった。

脚にずいぶん傷をつくったようだが、とにもかくにも危地を脱していた。

まだぎゅっと着物の縄を握りしめたまま、気のいい勤番の武士はぶるぶるとふるえていた。

そこから風花峠を下りるのが、またひと苦労だった。

崖を引き上げられるとき、国枝は太腿と臑《すね》に傷を負った。着物の縄を短く切って、脚の根元を結んで止血をし、酒を口に含んで吹きかけて消毒をした。

「ううっ……」

国枝の顔がゆがむ。

「しみるやろけど、我慢せえ」

原川はさらに、臑の傷にも酒を吹きかけた。

「歩けますか？　国枝さま」

時吉はたずねた。

「ちょっと無理そうや。ひざも打ってるねん」

国枝は無念そうに答えた。

「はな、背中に乗れ。こうしてたら寒い。次の宿まで、のどか屋さんと交替で運んだらええ」

原川は大きな背中を朋輩に向けた。

こうして、一行はまた歩きだした。

ただでさえ寒い冬の風花峠だ。いったん縄にした着物を肩にかけても、凍えそうな風が肌を刺した。

国枝を背負っているときは、人のぬくみが伝わるから多少なりとも寒さがまぎれるが、その分脚がこたえた。たとえ下りでも、人を背負って下るのはなかなかに厄介だ。足元が悪いところもある。ひとたびつまずけば、背に負うている傷を負った国枝まで倒れてしまう。

「すまんのう、あるじ」

時吉が負うているとき、国枝が情けなさそうに言った。

「なんの。お気になさいますな」

「早《はよ》うあったかいものを胃の腑に入れたいものやな」

「さようですね。だいぶ平らになってきましたから」

「のどか屋であつあつの鍋ものを食いたいもんや」

「そうおっしゃるくらいなら、もう大丈夫でしょう。次の宿場には医者もおりましょうから」

「あと少しだからな。辛抱せい」

原川も励ました。

それから半時あまり、代わる代わる国枝を背に負うて進んでいると、ようやく関の宿の外れに着いた。

旅籠《はたご》の客引きがいち早く近づいてきたので、医者の手配を頼んだ。風花峠の崖を踏み外したと伝えると、何度も似たようなことがあるせいか、番頭とおぼしい男はただちに手を打ってくれた。

案内された宿に入り、ふるまわれた番茶を呑むと、ようやく人心地がついた。

熱い番茶が、こんなにうまいとは、五臓六腑にしみわたっていくとは……。

それは原川と国枝も同じだったらしい。「うまい、うまい」といくたびも繰り返していた。

駆けつけた医師によって、しかるべき手当てがなされた。ひざはしたたか打ちつけただけで、骨に異常はなさそうだから、一日休めば歩けるようになるだろうという見立てだった。

縄にしてしまった着物の代わりは、宿の者が呼んだ古着屋から贖《あがな》った。これで江戸まで帰れる。

その日の夕餉《ゆうげ》は、ことにうまく感じられた。

地摘みの茶を用いた茶飯に漬物、蕪《かぶ》と葱の味噌汁、大根と豆腐の煮物、青菜の浸しといったいたって曲のない膳だったが、どの味も心にしみた。

「生きて食う飯は、また格別やな」

国枝の顔に、ようやく笑みが浮かんだ。

「どの味も、我が立っていなくて、ほっこりとしてます」

時吉はそう言って、味噌汁の具をかんだ。

よく煮えた蕪が、ほろ、と口中に崩れていく。

そのほのかな甘さが心にしみた。

「もうのどか屋の厨に立ってるみたいやな、あるじ」

こちらは一献《いっこん》傾けながら、原川が言う。

「ええ。あとは帰るだけです」

時吉はひと呼吸置いてから続けた。

「江戸へ」

第十章　磯辺巻き

一

　江戸へ戻ってきたとき、日はもう西に傾いていた。

　ときおり脚を休めて振り向くと、息を呑むほど美しい富士の姿があった。折にふれて霊峰を仰いできたが、江戸から見る富士のたたずまいはまた格別だった。

「長い旅やったな」

　不精髭を生やした原川新五郎が言った。

「へえ、やっと帰ってきましたよ」

　時吉は感慨深げに答えた。

「これから先、一生忘れへんな、こたびの旅は」

杖をつきながら、国枝幸兵衛が言う。

途中の宿場で折にふれて治療を施したおかげで、脚の怪我はずいぶんとましになってきた。杖を頼りにしてでも、わが脚で歩けるのだから重畳《ちょうじょう》だ。

「九死に一生を得たさかいな」

と、原川。

「ほんまや。死んでてもおかしくはなかった」

国枝はそう言って、また一つ「はあっ」と息をついた。

死んでいてもおかしくはなかったのは、時吉も同じだった。賊の矢や鎖鎌の狙いがあと少しずれていただけで、命はなかっただろう。

こたびもまた、生かされた。

天から命を与えられた。

そう思うと、目に映る江戸の景色が何物にも替えがたいもののように感じられた。

品川宿では休まず、このまま帰ることにした。一刻も早くのどか屋に戻りたかった。目になじんだのれんをくぐり、おちよと千吉と猫たちの顔を見たかった。

泉岳寺《せんがくじ》の門前で軽く蕎麦をたぐってから、一行は再び歩きだした。もう残りの道のりは少ない。杖をついている国枝がいなかったら、さらに足は速くなっただろう。

「ちょいとのどか屋へ顔を出してから、下屋敷に戻ることにしよう」

原川が言った。

「ご無理はなさらず。国枝さまのお加減もありましょうし」

「大丈夫や。わたしもおかみに挨拶したいさかいにな。長々とあるじをお借りしてすまなんだ、おかげで、殿も……」

そう言ったきり、国枝は言葉に詰まった。

思いは時吉にも通じた。

殿はご無事か。

こうして難儀な旅を続けているあいだに、ご容体に変わりはなかっただろうか……。

そう思うと、時吉は胸が締めつけられるような気持ちになった。

大和梨川の思い出は、殿ばかりではなかった。慈光尼と過ごした時は短いあいだだったが、忘れがたいものになった。

この先、もう風花峠を越えることはないだろう。大和梨川に足を踏み入れることはあるまい。

なつかしい故郷は遠い霞のなかに消えてしまった。

それでいい、と時吉は思った。

おのれが生きていくところは、この江戸なのだから。

故郷へ戻った味の船は、風に吹かれて、また江戸へ戻ってきた。

明日からは、また料理の華が咲く。

時吉は草鞋《わらじ》を動かす足に力をこめた。

西の空が真っ赤に焼けていく。振り向くと、切り絵のような富士の姿があった。

ほどなく、西の空を染めていた朱はだんだんに薄れ、たなびく雲はほのかな金を散らした鱗《うろこ》のごときたたずまいになった。

ややあって、入相《いりあい》の鐘が鳴った。

いつになくしみじみと、時吉はその響きを聞いた。

二

「そろそろ暗くなってきましたね」

おちよが一枚板の席に声をかけた。

「この時分は、暮れるとあっと言う間だからね」

隠居が答える。

「でも、だんだんに日は長くなっていきますよ」

隣に座った家主の源兵衛が言った。

「それにしても、こいつはうまいね」

「土佐醤油にちょいとつけて食べると、まさに絶品ですな」

「長吉屋では出ない料理だから」

隠居がそう言って箸を伸ばしたのは、鮪《まぐろ》の磯辺巻きだった。飯の代わりに鮪のとろを海苔で巻き、ぎゅっと締めてていねいに切れば、切り口も鮮やかな磯辺巻きができあがる。

鮪は下魚《げぎょ》として嫌う料理人も多い。隠居が言うとおり、時吉の師匠の長吉もそうだ。したがって、長吉屋でこの品が出ることはない。

時吉は臆せず鮪を使う。素材の味を活かし、技で勝負できるこういう料理は、おちよの得意とするところだ。大葉を敷き、大根のせん切りをあしらった皿は、なかなかに日にも美しかった。

「うめえなあ」

「とろっとしてて、ほっぺたが落ちそうだぜ」

「海苔と醤油にも合ってら」

座敷の職人衆が笑顔で言う。

「ただの醬油じゃねえぞ。土佐醬油なんだからな」

「どう違うんだ？」

「そいつぁ……土佐の人に訊《き》いてみな」

職人衆の一人がそう言ったから、のどか屋に和気が満ちた。

「味醂と醬油と鰹節を合わせて煮立てておいて、冷めればできあがりです」

おちよがつくり方を説明した。

「鰹節の風味がことに効いてるね」

隠居が小皿を指さした。

「ええ。そのせいで、猫たちがなめにきたりしますけど」

「はは、匂いで分かるだろうから」

家主が戯れに土佐醬油の小皿をのどかに向けてみたが、猫はちらりと見ただけで表のほうへ行ってしまった。

「おや、見向きもしないぞ」

源兵衛が首をひねった。

「飼い主じゃないと駄目なんでしょう」

「匂いで分かるから」

と、職人衆。

表に向かったのはのどかだけではなかった。ちのとみけもしっぽをぴんと立てて見世先へ出ていく。

それを追って、まだはっきりしない言葉を発しながら、千吉も伝え歩きで進みだした。当初はこけては大泣きを繰り返していたが、ようやく少し要領が分かってきたと見え、このところは不自由な足をなだめながらゆっくり進めるようになった。

そんな猫とわが子の様子を見ていたおちよは、はたとひらめいた。見えない小さな矢のごときものが、心の臓をくすぐったかのようだった。

そろそろ軒行灯に灯を入れてもいい頃合いだ。

「ちょいと灯を入れてくるからね」

厨の弟子に声をかけると、おちよは見世先に出た。

初めに手を挙げたのは、偉丈夫の原川だった。

その隣の人影が、少し遅れて大きく手を振った。

まぼろしではなかった。

帰ってきたのだ。

「おまえさん……」

おちよは千吉の手を引いた。

その着物の裾に、のどかがすりっと身をすりよせる。

「帰ってきたね」

ちのとみけもいる。

おちよは猫たちに語りかけた。

国枝が杖をついていたから、もどかしいくらいに近づかなかったけれども、一行はようやくのどか屋に着いた。

時吉の顔がはっきりと見えた。

笑っていた。

「お帰りなさいまし」

おちよは頭を下げた。

「ああ、いま帰ったよ。達者だったか、千吉」

時吉は息子に手を伸ばした。

「とう……おとう……」

千吉はうれしそうに時吉の胸に飛びこんだ。

「おう、『おとう』と言ったな。いい子だ……」

胸が詰まって、それきり言葉にならなかった。

「長々とあるじをお借りした。どうにか江戸へ戻れた。礼を申す、おかみ」

原川は頭を下げた。

「もったいのうございます、原川さま。こちらこそ、ありがたく存じます」

おちよも腰を折る。

見世先の気配はすぐさま伝わった。わらわらと中から客が出てきた。

「お帰り、時さん」

隠居が温顔で出迎えた。

「疲れただろう。今夜はゆっくり休みなさいな」

源兵衛も和す。

「おう、のどか屋のあるじが戻ったぜ」

「こりゃあ、町じゅうに触れを出さねえとな」

「それなら、おめえが触れを出して回れ」

「よしきた。とりあえず湯屋へ告げに行ってくらあ」

気のいい職人は、さっそく尻をからげて走りだした。

「お帰りなさいまし」

厨から新吉が出てきた。

「すまなかったな。長々と」

「いえ。おかげで、いい修業をさせていただきました」

そう語る弟弟子の顔つきは、のどか屋に来たころよりずっと引き締まって見えた。

「足はどうなさいました、国枝さま」

隠居がたずねた。

「風花峠という難所でこけてしもうてな。えらい難儀をした」

国枝は勘どころを伏せて答えた。

原川が時吉に目配せをする。

有泉の残党に襲われた話をしたら、おちよがむやみに心配するかもしれない。これは胸の内にしまっておくことにした。

「見世に変わりはなかったか？」

旅装を解きながら、時吉はおちよにたずねた。

「ええ。みなさん、足を運んでくださったので。ただ……」

「ただ？」

鼻と鼻をちょこんとくっつけたちのとみけを見てから、おちよは答えた。

「やまとはやっぱり帰ってこないの。もうずいぶん経つけど」

「そうか……」

時吉はふと思った。

ことによると、やまとは身代わりになってくれたのかもしれない。

そのおかげで、危ういところで窮地を脱し、こうして江戸に戻れたのかもしれない。

そういえば、あのときどこかで猫がないた。

あれは、この世ならぬところへ赴いたやまとのなき声だったのかもしれない。

時吉はそんなことを考えた。

「なら、われわれは上屋敷にすぐ戻らんといかんので」

おちよが気を利かせて運んできた茶をうまそうに呑み干してから、原川が言った。

「またゆっくり寄らせてもらうわ」

と、国枝。

「どうもこたびは長々と、ありがたく存じました」

時吉が礼をした。

「ありがたく存じました。これでまた、のどか屋を続けられます」

おちよも続く。

「なに、わたしらは味の船に乗せてもらってただけや。船を操ってたのは、あるじやさかいに」

国枝が時吉を立てた。

「ありがたく存じます。どうかご養生なすってくださいまし。国枝さま」

「ああ、すまんな」

「なら、これで」

二人の勤番の武士は立ち去っていった。

しだいに濃くなってきた闇にその背がまぎれるまで、時吉とおちよはじっと見送っていた。

三

時吉が戻ってきたといううわさは、たちどころに町じゅうに広まった。

おかげで、のどか屋ののれんをくぐって、次々に客がやってきた。

「おう、無事のお帰りかい。よかったねえ」

湯屋のあるじの寅次が破顔一笑する。

「これでひと安心ですね」

萬屋の十之吉が続く。

「あしたから、またいい品をおろしまさ」

野菜の棒手振りの富八がねじり鉢巻きに手をやった。

「お疲れでしょうから、今日のところは客で」

厨に入ろうとした時吉を、弟子が手で制した。

「そうそう、たまには座敷にでも座ってくださいな」

おちよが手で示す。

「なら、あれでやるか。千吉にいいものを買ってやったんだ」

赤坂《あかさか》の宿場でいい感じのでんでん太鼓を見つけたから、千吉の土産に買ってきた。

雷模様が両面にあしらい、小ぶりの赤い玉をつけたでんでん太鼓は、なかなかによくできていた。小気味よく回るし、てんてん、てんてん、と涼やかな音を出す。

「これはでんでん太鼓だ。やってみな」

時吉は息子に柄を握らせた。

「でんで[illegible]……とう」

千吉がうれしそうに振る。ただし、むやみに振るばかりだから調子のいい音にはならない。

「ずいぶんしゃべるようになったなあ、千吉」

旅の疲れも癒える思いで、時吉は声をかけた。

「ちょいと手の振り方が違うみたいだな、千ちゃん」

「落ち着いてやってみな」

職人衆が声をかけたが、千吉にはむずかしいらしく、そのうち急に泣き顔になってしまった。

「泣くことはねえや。おとっつぁんにやってもらえ」

寅次が笑った。

「よし、貸してみな」

時吉が手本を見せた。

てんてん、てんてん……。

音が鳴りだすと、いま泣いたわらべがもう笑った。

そればかりではない。見世じゅうの猫がわらわらと集まってきて、興味深げに見つめはじめた。

しっぽの短いちのが、ぺしっ、と前足を繰り出す。

「いい猫じゃらしを買ってきたようだね、時さん」

隠居が笑う。

「赤い玉がくるくる動くのが面白いんでしょう」

見世でのどか屋ゆかりの猫を飼っている子之吉が指さす。

「みゃあ」

そのうち、のどかが飛びかかって玉をつかもうとしたから、客たちはいっせいにどっとわいた。

次の肴ができた。

「おまえさんはお客さんだから、今晩だけは」

腰を浮かしかけた時吉を、おちよは制した。

「あしたからまたこき使おうっていう算段ですぜ」

「今晩だけは客だ。まま、一杯やってくださいましな」

周りから銚子が差し出される。

酒より茶を呑みたい気分だったが、無下に断るわけにもいかない。続けて猪口の酒を干してから、時吉は皿に箸を伸ばした。

「焼き百合根《ゆりね》と零余子《むかご》の盛り合わせでございます、お客さま」

よそいきの口調でおちよは告げた。

百合根は茶わん蒸しなどに入れるが、味を含ませてから焼いてもうまい。

まず一片ずつ外し、縁のところを包丁でていねいに剝く。形を整えたら、味醂と醬油を加えただし汁でじっくりと煮含めていく。素材を活かし、料理人の手わざで味わわせる料理だ。

零余子は塩ゆでにしてから皮を剝く。それから乾煎《からい》りで活《かつ》を入れ、塩をほどよく振っておく。

味のしみた百合根は汁気をよく切り、いい按配に焦げ目がつくように網焼きにする。焼きすぎないことが肝要だ。

それから同じ器に盛り合わせる。べつべつに食しても、一緒にかみ合わせても存分にうまい、素朴ながらも手間のかかったひと品だ。

「いい味が出てるな」

時吉は厨の弟弟子に向かって言った。

「ありがたく存じます」

新吉が頭を下げる。

ほどなく、「小菊」の二人がのどか屋に姿を見せた。

のどか屋で修業をした吉太郎と湯屋の娘のおとせが縁あって結ばれ、湯屋の向かいに巻き寿司とおにぎりの見世を出した。持ち帰りばかりでなく、見世の一枚板の席でも手軽に食べられる見世は相変わらず繁盛している。

「お帰りなさいまし、師匠」

「お祝いを持ってきました」

おとせが包みを解くと、鮮やかな黄色がぱっと目に飛びこんできた。

「なんでえ、おめえら、売れ残りを持ってきたのかよ」

おとせの父の寅次が憎まれ口をたたく。

「失礼ね。うわさを聞いて、すぐつくりはじめたんだから」

まだ娘々《むすめむすめ》したところのあるおとせが、ぷうっとほおをふくらませた。

「こりゃ、うまそうだ。さっそくいただくよ」

吉太郎にそう言ってから、時吉は手を伸ばした。

「小菊」名物の一つ、乱菊寿司だ。

錦糸玉子をきれいにつくり、寿司の真ん中から花火が散るがごとくに黄色い筋を貼りつけていく。仕上げに紅いおぼろをのせてやれば、鮮やかな乱菊が花を咲かせる。

「うまい……寿司飯もちょうどいい按配だな」

時吉は弟子の細工寿司をほめた。

「ありがたく存じます」

「幸い、ご好評をいただいています。『小菊』のお寿司をどうかよしなに」

おとせは如才なく客たちに言った。

「なんでえ、時さんの帰りにかこつけて、見世の宣伝に来たのかよ」

寅次がそう言ったから、いつのまにか一杯になったのどか屋の客たちがいっせいに笑った。

四

「なら、師匠によろしく」

時吉は弟弟子に言った。

あるじが戻ってきたとあって、客たちはいつもより長くのどか屋にいたが、一人また一人と引き上げていった。最後に、すっかりできあがった寅次をおとせと吉太郎が抱きかかえるようにして去ると、ようやく長い一日が終わった。

長吉屋から来た助っ人は、今日でお役御免となる。時吉の大和梨川土産は新吉に託すことにした。

「おとっつぁんはもう歳だから、いきなりかんだりしないように」

おちよが伝える。

「うっかりかんだら、歯のほうが欠けるからな」

時吉もクギを刺す。

「承知しました。師匠によく伝えておきます」

弟弟子は律義に答えた。

大和梨川の土産は名物のかたやきだった。江戸にもかたやきせんべいと称するものがあるが、まったく似て非なるものだ。硬さが違う。

大和梨川のかたやきは、その昔、忍びの者がふところに忍ばせて城中に潜入したと伝えられている。手では割れない岩のようなかたやきでも、城の石垣に打ちつければたやすく割れる。日もちがするし、腹もちもいい。滋養にもなる。

泰平の世のかたやきは、味にも意を用いている。青海苔や胡麻がかかっているから、なおさら香ばしい。

このかたやきと黒瓜の円満漬を、時吉は故郷の土産にした。見たところ、何の変哲もない瓜の漬物だが、切ると円満漬の名のゆえんが分かる。中に紫蘇《しそ》の実の漬物が入っているのだ。

外が黒瓜の円、中が紫蘇の実の円。二つの円が響き合うから円満漬だ。そのままで酒の肴になるし、茶漬にしてもことのほかうまい。

「では、気をつけて」

「はい」

いくぶんは肩の荷を下ろしたような表情で、新吉はのどか屋から出ていった。

千吉は二階で眠っている。明日からはまたのどか屋の日常が始まる。

「仕込みはどうするかな？」

時吉は腕組みをした。

「お漬物ならいろいろ仕込んであるし、たれや煎酒も注ぎ足してつくってるから大丈夫。今日は休んで」

おちよは笑みを浮かべた。

「そうだな……帰ってきて安心したら、どっと疲れが出てきた」

「ほんとはあしたも休んだほうがいいと思うんだけど」

「いや、ひと晩寝れば平気だ」

そう答えた拍子に、殿の顔がふと浮かんだ。

殿はご無事か。

何か精のつくものをお召し上がりになっただろうか……。

そう思うと、胸が詰まって目に映るものに暈《かさ》がかかった。

御賄方のかしらの顔も浮かんだ。

実直なかしらは、今日も命のたれを注ぎ足してくれただろう。

最後にふと、慈光尼の面影が現れた。

元のいいなずけにもう会うことはない。あのときふるまわれた茶の味が、いやにしみじみと思い出されてきた。

「おまえさん、寝たほうがいいよ」

おちよにそう言われて、時吉は我に返った。

「なんだか、たましいが抜けて遊びにいってたみたいだったわよ」

「たましいが……」

「そう。半ばはまだ大和梨川にいるみたいな」

見抜かれている、と時吉は思った。

目の前にいるおちよの顔を見ると、慈光尼の面影はふっと揺らいで消えた。

同時に、訊くべきことを思い出した。

「何か神信心をしてくれたかい？　おれの無事を祈って」

「もちろん」

おちよはうなずいた。

「千吉をつれて、出世不動にお参りに行ったわ。ここでちゃんとお祈りしなきゃ、と思って」

と、両手を合わせる。

「そうか……」

風花峠での危難の話は告げなかった。疲れのせいで、長い話を筋道だって語るのは大儀だった。おちよとやまとのおかげで難を免れたという思いは、とりあえず胸の内にしまっておくことにした。

その代わり、時吉はこう言った。

「いずれ、御礼参りに行かないとな」

「そうね」

おちよが階段のほうを見た。

千吉の声が聞こえたのは、ほんの一瞬だけだった。何か夢を見たのかもしれない。

二階はまた静かになった。

「千吉をつれて、出世不動へ行こう」

「ええ」

のどか屋の二人は、どちらからともなく手を差し出した。

そして、息子が眠る二階への階段を上りはじめた。

第十一章　若狭汁

一

「うん、味噌が甘え」

檜の一枚板の席で、あんみつ隠密が言った。

「大根が気を悪くしますよ」

隣で隠居が笑う。

「いや、まあそうだが、この甘え味噌があっての大根じゃねえか、ご隠居」

黒四組の組頭は譲らない。

いまのどか屋で供されたのは風呂吹き大根だ。大根は輪切りにして隠し包丁を入れるのがもっぱらだが、こたびは櫛《くし》形に切ってみた。これもなかなかに味わいがある。

米のとぎ汁で下ゆでし、大根臭さを取ってうまみを引き出してやる。これを濃いめの味つけでゆで、上から昆布をのせる。味がしみるまでゆっくりと煮含めれば、ひとまず大根はできあがりだ。

これにあんみつ隠密がうなった甘めの味噌をのせて食す。

玉子の黄身に江戸甘味噌、酒、味醂、さらに砂糖まで加えるから、かなり甘い。これを弱火でじっくりと練り上げていく。

とろっとなったら大根にかけてお出しする。柚子の皮をおろして交ぜ、柚子味噌にしても風味が出る。

「初めは甘えが、じわっと大根の味が出てきてうめえな」

「まだまだ寒いから、のどか屋でほっこりしないとな」

「寒くても暑くても、酒を呑むならのどか屋だ」

座敷の大工衆が口々に言う。

「では、その『寒くても暑くても』出る変わり豆腐です」

おちよが次の肴を運んでいった。

揚げ出し豆腐に命のたれを使っただしつゆを張り、具を盛大に添える。

納豆、山芋、大根おろし、揚げ玉、鰹節、刻み海苔、それに小口切りの葱《ねぎ》。豆腐が隠れてしまうほど盛ってやるのが心意気だ。

「おう、こりゃ豪勢だ」

「見ただけで精がつきそうだな」

「見ただけでつくかよ」

話が弾む。

冬場は揚げ出し豆腐だが、夏には冷や奴になる。そのときは茗荷《みょうが》や青紫蘇《あおじそ》も加えてさらに華やかにするのがのどか屋流だ。

座敷の壁には、新たな短冊が貼り出された。

のどかなる白帆は風を味の船

季川がつくった発句《ほっく》だ。

のどか屋の味の船の白帆は風を孕み、どこへでも流れていけるというおおよその句意だった。

「安東さまには、こちらを」

時吉はぎやまんの器に盛ったものを差し出した。

「おう、悪いな。おれだけ夏みたいで」

あんみつ隠密が笑う。

「たしかに、これは暑気払いにしか見えませんな」

季川が指さした器の中身は、金玉糖《きんぎょくとう》だった。

寒天に水を加えて煮溶かし、砂糖を加える。型に入れて冷まして固まったら外し、食べよい大きさに切る。これにざらめをまぶせば、わらべが喜ぶ存分に甘い菓子ができあがる。この金玉糖で酒を呑むのは、江戸広しといえども安東満三郎くらいだろう。

「うん、甘え」

いつものせりふが響いた。

「ご隠居には、こちらを」

「ありがたいね。うまそうだ」

隠居が受け取った皿は、牛蒡《ごぼう》の鰹まぶしだ。

薄めのささがきにした牛蒡をほどよく蒸す。ゆでてもいいが、蒸したほうがやわらかく、素材の持ち味も活きる。

これに醤油と胡麻油をいくらかたらし、鰹節をたくさんまぶして味をなじませればできあがりだ。

箇明だが、酒の肴には格別だ。ささがき牛蒡は人参と合わせ、味噌風味の白和えなどにしてもうまい。

のどか屋の厨に戻った時吉は、張り切って肴をつくっていた。

ひとたび江戸を離れて旅してみると、わが見世で料理をつくれることが実にありがたく感じられた。お客さんがその料理を口にしてくれることもうれしかった。時吉は意気に感じて、厨で忙しく手を動かしていた。

次に出したのは慈姑《くわい》のせんべいだった。皮を剝いて薄く切った慈姑を油でからっと揚げる。これに塩を振っただけの肴だが、ことのほかうまい。

「しみる味だねえ」

「ぱりっとしてて、いい音がすらあ」

「これを食ったら、いい家が建てられそうだな」

大工衆の評判は上々だった。

「それで思い出した。あしたは早いんだったな」

「そうそう。そろそろ切り上げたほうがいいぞ」

「のどか屋は逃げねえからな」

「違《ちげ》えねえ」

「またあした来りゃあいいさ」

そんな調子で、座敷の客はあわただしく帰り支度を始めた。

「毎度ありがたく存じます」

おちよが千吉をつれて見送る。

ゆっくりとなら歩けるようになったのはいいが、何かかやと興味を示して火や油などに近づいたりするので、ときどきひやっとさせられる。

それゆえ、厨に入れまいとすると、ぐずって泣く。よろずに手がかかるようになったが、それも大きくなった証しだった。

「ありがたく存じます」

時吉は厨から声をかけた。

「ところで、あるじ、上方《かみがた》のつとめの首尾はどうだったんだ？」

座敷の客が引き上げたところで、あんみつ隠密がたずねた。

「上方のつとめ、でございますか？」

時吉はとぼけようとしたが、黒四組の組頭はちらりと耳に手をやった。

「なにぶん、地獄耳でね」

「と申しますと……」

「まあ、こちらもあえてくちばしをはさむような話じゃねえから」

微妙な言い回しだが、案じるには及ばない、と安東満三郎は伝えた。

こたびの成り行きを隠居は知っている。時吉はかいつまんでいきさつを述べた。

「そうかい、そりゃむずかしいつとめだったな」

あんみつ隠密はそう言うと、心持ち目をすがめて猪口の酒を呑み干した。

「ええ……でも、この先、一生忘れることはないと思います」

時吉が感慨をこめて言うと、安東は一つ大きくうなずいた。

そして、独特の容貌に笑みを浮かべて言った。

「また一つ、料理人の宝が増えたな、あるじ」

「ええ」

時吉はうなずいた。

「大事にしな」

気持ちが素直に伝わってきた。

「ありがたく存じます」

あんみつ隠密に向かって、時吉は頭を下げた。

二

ほどなく、安東と隠居が腰を上げ、のどか屋ののれんがしまわれた。

大事なものにさわっては叱られて泣いていた千吉は、泣き疲れたのか座敷でこてっと眠ってしまった。時吉が抱きかかえ、二階に運んで寝かせた。

あとは戸締まりをして休むばかりという段になって、見世の前でにわかに人の気配がした。

話し声がする。

「まだ寝てへんか?」

「灯りはついてる」

その声を聞いたとたんに、時吉の胸がきやりと鳴った。

原川と国枝だ。

「御免……」

原川が戸を開け、大きな体を縮めるようにして入ってきた。

「まあ、原川さまと国枝さま」

おちよが声をかける。

「すまんな、夜分に」

そう言う国枝の顔つきを見て、時吉は、ああ、と思った。

来るべき時が来てしまったのかもしれない。

そんな勘が働いた。

果たして、そのとおりだった。

一つ嘆息すると、原川新五郎はこう告げた。

「先ほど国元から早馬が来た」

「はい」

「薬石効《やくせきこう》なく、殿が……身罷られた」

「殿が……」

そう言ったきり、時吉は絶句した。

半ば覚悟はしていたが、いざ知らせを聞いてみると、わが身を切られるようにつらかった。

「最後に、江戸の味を食べられて、殿も満足されたと思う」

まだいくらか足を引きずっている国枝幸兵衛は、そう言うと座敷にゆっくりと腰を下ろした。

「火を落としてしまいましたが、御酒を呑まれますか?」

おちよがたずねた。

「なら……冷やでちょっとだけ」

「わしも、呑む」

原川も手を挙げた。

二人は座敷に上がった。

時吉は心をなだめながら肴を出した。さしたるものは残っていない。慈姑せんべいと漬物のたぐいだけだ。

早漬けの大根に醤油をたらして出す。大根に熱い湯をかけ、酒を振ってから塩漬けにすると早く漬かるのは先人の知恵だ。

大根は茎漬《くきづけ》もあった。葉とともに麹《こうじ》に漬けたもので、こちらはじっくりと漬かるのを待ってからお出しする。

「あるじもどうや?」

原川が徳利をかざした。

「ええ……では、少し」

時吉も座敷に上がった。

苦い酒だった。

話も弾まない。

座敷に座った三人は、しばらく黙ったまま酒を呑んでいた。

いくらか離れたところで、ごろんと転がったちのの腹をなでながら、おちよは様子をうかがっていた。酌をしにいく雰囲気ではない。何も知らない猫が喉を鳴らす音だけがのどか屋に物悲しく響く。

「まあ、こればっかりは……」

ややあって、国枝が重い口を開いた。

「しゃあないな」

重い息を含む声で、原川が和す。

「いまごろは、船に乗って、江戸に来られているかもしれません」

時吉はしみじみとした口調で言った。

「船？」

国枝が問い返す。

「ええ。味の船に乗って」

「ああ、味の船か……」

勤番の武士はうなずいた。

時吉の脳裏に、殿の姿がありありとよみがえってきた。

声も響いた。

（さながら、味の船のごとし……）

（味の船に乗り、余は、江戸に参った。満足じゃ）

殿はそう語った。

あのときの慈父のごとき表情を思い出すと、なおさら胸が詰まった。

「大和梨川へ行った船は、ちゃんと走ってるみたいやな。賄方のかしらは、のどか屋の命をたれを継ぎ足して使ってるらしい」

国枝が言った。

「さようですか。それはありがたいことでございます」

「山の中でも、味の船は進んでいくさかいにな」

と、原川。

「ふしぎなもんや」

国枝は大根の茎漬を、こき、とかんだ。

「こういう昔ながらの漬物は、大和梨川にもあった。それを思い出したら、味の船は時も飛び越えて、さっと田舎まで飛んでいくねん」

「何よりも速いな」

「遠いところだけやない」

国枝は猪口の冷や酒を呑み干すと、さらに続けた。

「物を食べると、どういう弾みか、昔のことがふっと思い出されてきたりする。ふしぎなもんや」

勤番の武士は重ねて言った。

「この先、殿にお出しした雑煮などをつくるたびに、在りし日のお姿やお言葉を思い出すことでしょう」

時吉の言葉を聞いて、おちよも小さくうなずいた。

ずいぶん気をもんだし、心細い思いもしたけれども、これで良かったのだと改めて思った。

「残念ながら、殿は亡くなってしまわれたが……」

何度か瞬きをしてから、原川は続けた。

「われわれの心の中で生きておられる。決して亡くなることはない」

「そやな。人は死んだら、思い出になるねん」

と、国枝。

「そうですね。思い出になって、心の中で生きておられます」

時吉はそう言うと、大根の茎漬を口に運んだ。

いくらか浅いかと案じたが、ちょうど良かった。大根と茎と葉、いずれを食しても漬物だが、味が違う。人にそれぞれがあるように、違う。

それでも、なつかしい味がした。

塩と麴だけの素朴な漬物だ。古くから、人はこのようにして漬物をつくってきた。

それを食せば、昔に還ることができる。

ここにも一隻《いっせき》、ささやかな味の船があった。

大根の茎漬をかみながら、時吉はそう思った。

「殿の思い出は、たんとある」

感慨をこめて、国枝が言った。

「そや、思い出になった殿は、もう亡くなることはない」

と、原川。

「大儀な病から解き放たれて、重い荷物を下ろされたんや。お疲れさまでした、とお見送りするしかないわな」

国枝はそう言って、時吉に酒を注いだ。

「ありがたく存じます」

時吉も二人の武家に注ぐ。

注ぎながら、ふとこう思った。

最後に殿にお出しした江戸の味噌汁、あの別れの一椀をいずれまたのどか屋でお出ししよう。

筒堂若狭守にちなんで、名は若狭汁とする。その汁をつくるたびに、湯気のなかに殿の面影が立ち現れるだろう。

「最後に殿は、『達者で、暮らせ……』と声をかけてくださいました」

時吉は言った。

「そやったな」

「あたたかいお心遣いや」

国枝が目元に指をやる。

「この先も、体に気をつけて、達者で暮らします。そして、心をこめて、味の船をつくってまいります」

天でごらんになっているかもしれない殿に半ばは向かって、時吉は言った。

猫から手を放し、おちよがうなずく。

「その意気や」

「それを聞いて、ちょっと心の荷物が軽うなったわ」

「ほな、伝えることを伝えたし、そろそろ帰るか」

「そやな」

二人の勤番の武士は、ゆっくりと腰を上げた。

三

「毎度ありがたく存じます」

「お足元にお気をつけて」

時吉とおちよは、二人の勤番の武士を見送った。

「夜中にすまなんだな」

「いえ、滅相もございません」

「ほな、また寄らしてもらうわ」

「お待ちしております」

二人の客が手に持つ提灯の灯りが見えなくなるまで、時吉とおちよはじっと見送っていた。

夜風は冷えるが、いい月が出ていた。

「あの晩も、月がきれいだった」

時吉はぽつりと言った。

「あの晩って？」

おちよが訊く。

「殿がどうあっても月見櫓で雑煮を召し上がりたいと申されてな」

「そう」

「江戸の雑煮を、おつくりした」

時吉は月を仰いだ。

あのときはもっと細い月だった。しかし、色合いはとてもよく似ていた。亡き殿とともに眺めた月が、天空に懸かっていた。

「殿はどうおっしゃったの？」

おちよに問われた時吉は、ひと呼吸おいてから答えた。

「『忘れぬ美味であったぞ、のどか屋』と、おっしゃってくださったんだ」

おちよはうなずいた。

そして、笑みを浮かべて答えた。

「そのお言葉は、何よりの宝ね、おまえさん」

「そうだな」

時吉もうなずいた。

こたびの出張に当たっては、それなりにお代をいただいた。だが、貧乏な小藩のこと、むやみに財宝のたぐいを頂戴したわけではなかった。

それでも、どんな宝にもまさるひと言をいただいた。

この先、終生忘れることのない思い出も、また。

「あしたからも、『忘れぬ美味』をつくらなきゃ」

おちよが言った。

「ああ。味の船をほうぼうへ流していかないと」

「そうね。……あ、一句思いついた」

おちよはだしぬけに言った。

味の船忘れぬ美味をのどか屋で

そう口にしたものの、出来に不満だったらしく、おちよは首をかしげた。

「季語がないわねえ。それに、引札（広告）の文句みたいで」

「味の船、が季語でいいじゃないか。春夏秋冬、いずれの季《とき》でもいけるぞ」

「それじゃ駄目なのよ。これはお蔵入りね」

俳諧に関しては厳しいおちよは、あっさりと取り下げてしまった。

「ずいぶん冷えてきたな、帰るか」

ややあって、時吉が言った。

「あい」

二人はきびすを返し、のどか屋のほうへ引き返していった。

途中で一度だけ、時吉は振り向いた。

そこにはまだ、同じ色合いの月が出ていた。

月見櫓で殿とともに仰いだあの月だ。

「あっちが大和梨川だな」

そう独りごちると、時吉は夜の道にひざまずいた。

おちよは声をかけなかった。ただ黙って見守っていた。
時吉は平伏した。
故郷の城でいくたびもそうしたように、月あかりの道で頭を下げた。
「ありがたく存じました、殿……」
その声に、おちよも感慨深げにうなずく。
長い礼を終え、時吉は立ち上がった。
そして、おちよとともにのどか屋に戻った。

終　章　出世不動

一

次の休みの日、時吉とおちよは千吉を連れて出かけた。

「歩くの？　千ちゃん。出世不動は遠いんだよ」

おちよが声をかけたが、千吉は首を妙な具合に動かしてはっきりしない言葉を発した。どうやらわが足で歩きたいらしい。

「行けるところまで歩いてみな？　疲れたら、おとうがおぶってあげよう」

時吉がそう言うと、千吉は急に笑顔になって、

「おとう、おとう……」

と言った。

千吉の歩みは遅いが、急ぐ用でもない。時吉とおちよは一緒にゆっくり歩いていくことにした。

「おや、おそろいで」

「お出かけですかい？」

のどか屋はすっかり岩本町の顔になった。連れ立って歩いているだけで、ほうぼうから声をかけられる。

「無事に帰ってこられた御礼参りに行こうと」

「へえ、そりゃいいや」

「千ちゃん、ずいぶん歩けるようになったねえ」

「ええもんだ」

「なに、そのうち疲れて止まって泣きだしますから」

おちよが答えたとおりだった。

紺屋町三丁目の角に、小さな稲荷がある。その鳥居が見えてきたとき、母にすがっておぼつかない足取りで歩いていた千吉が急に泣きだした。

「よしよし、おとうの背中に乗れ」

時吉がしゃがみこんだ。

「ここまでよく歩いたわね。はい、おとうがお馬さんだよ」

おちよが笑って千吉を乗せた。

「お馬さんが行くよ。ほら、ぱっかぱっか……」

調子よく揺らしながら歩きだすと、泣いていたわらべがもう笑いだした。

そのまま西へ歩いていく。道なりに進み、辻をいくつか越えれば出世不動だ。

ほどなく、行く手を小さな影がさっとよぎった。

猫だ。

「あっ」

おちよが短い声をあげた。

時吉もはっとしたが、よく見ると違った。似たようなぶち猫だが、やまととはしっぽの長さが違う。

「違ったわね」

「ああ……やまとはおれの身代わりになってくれたんだ。やっぱり、そんな気がする」

しみじみとした口調で、時吉は言った。

「せめて、お墓でもつくってやりたいけど……」

と、おちよ。

「心の中に立ててやろう」

「心の中に……」

「そうだ。目を閉じたら、やまとの姿がありありと浮かぶ。たまには供え物もしてやろう。食い意地の張った猫だったから」

「ほかの猫が食べちゃうだろうけど」

「それはそれでいいさ」

やまとよりしっぽの長い猫は、塀の上にひょこりと乗って様子をうかがっていた。

「にゃーにゃ、にゃーにゃ……」

千吉がうれしそうに指さす。

「そう。にゃーにゃ、だね。うちにもたくさんいるね」

おちよが歌うように言う。

「おまえは生まれたときから猫と一緒にいるんだからな」

時吉が言うと、背中の千吉はまた「にゃーにゃ」と楽しそうな声を発した。

二

「もし」

あと一つ辻を越えれば出世不動に着く。そんなところまで来たとき、うしろから声をかけられた。

振り向くと、供をつれた総髪の医者が笑みを浮かべていた。

青葉清斎だ。

「まあ、清斎先生」

おちよも笑みを返した。

「ご無事でお戻りでしたか」

往診の帰りとおぼしい医者が近づいてきた。

名利を求めない医者の診療所には、毎日多くの患者が詰めかけている。休みの日には、診療所に来られない病状の患者のもとをこうして往診に回っている。骨休めをするいとまはまったくないが、薬膳に通じた医者は血色のいい顔をしていた。

「ありがたく存じます。ごあいさつにもうかがわず、相済みません」

時吉は答えた。

「なんの。江戸に無事戻られて、のどか屋の厨に再び立つ。それが何よりです」

「はい」

「千吉ちゃんも元気そうだね」

清斎は声をかけた。

「見世からずいぶん歩いたんですよ。びっくりしたくらいで」

と、おちよ。

「ほう、それは良いことです。ちょっと拝見」

清斎は千吉の足に触り、いろいろな方向へ動かしながら触診を始めた。

少し痛かったのか、千吉がわっと泣き出した。

「おお、ごめん。足をこっちへ回すと痛いね」

医者が謝る。

「いかがでしょうか、千吉の足は」

おちよが案じ顔でたずねた。

「ええ、大丈夫です」

清斎は力強くうなずいた。

「わたくしも案じていましたが、このあいだ診たときよりさらに動いています。この先、地道に歩く稽古をしていけば、ことによると杖もいらなくなるかもしれません」

「ほんとですか、先生」

　おちよの表情がぱっと華やいだ。

「もちろん、飛脚みたいに走ったりすることはできませんよ」

「そんな望みはしておりませんので」

　時吉が笑う。

「せめて、厨の中で立って歩いて、仕事ができればと」

「それなら、何も問題はないでしょう。歩みは多少ぎこちなくなるでしょうが、足を支える肉に厚みがつけば、支障なく歩けるようになると思います」

　清斎はそう言って、小さい足をぽんとたたいた。

「良かったね、千ちゃん」

　おちよが声をかけると、思いが通じたのか、千吉は急に笑顔になった。

「では、ありがたく存じました」

　時吉は頭を下げた。

「そのうち、また寄らせていただきます」

と、清斎。

「羽津《はつ》さんにもよろしくお伝えくださいまし」

おちよが言った。

千吉を取り上げてくれたのは、清斎の妻で産科医の羽津だ。

「千吉ちゃんの足が動くようになってきた話をしたら、さぞや羽津も喜ぶだろうと思います」

清斎は笑顔で答えた。

三

出世不動にも猫がいた。

同じ柄の雉猫《きじねこ》でまだ小さいから、おそらくきょうだいだろう。

「おっかさんを探してるのかい？」

おちよがやにわに声をかけると、二匹の猫はびくっと身をふるわせて向こうの茂みのほうへ逃げてしまった。

「ごめんごめん、びっくりしたね」

おちよは猫に謝った。

「よし、千吉。下りてお参りしな」

鳥居をくぐったところで、時吉はしゃがんだ。

「よいしょ、っと」

おちよが息子を下ろしてやる。

「お不動さんの前まで歩こう。おとうとどっちが速いか」

時吉は大仰《おおぎょう》に手を振るしぐさをした。

「おとう、おとう……」

千吉も歩きだす。

「おう、速いな、千吉」

わざと足を前に出さないようにして、時吉は進んだ。

「千ちゃん、しっかり」

母が声援を送る。

「おかあ、おかあ……」

おちよのほうを見て、千吉は言った。

日に日に言葉が増えてくるので、時吉もおちよも驚かされている。

「ああ、負けたな。千吉は速いな」

わが子を見ながら足踏みをするように進んでいた時吉は、笑って言った。

「じゃあ、お参りをしましょうね。お賽銭を入れてから、こうやって手を合わせるの」

おちよが銭を投じてから手本を示したが、千吉はうまく呑みこめないようで、きょとんとした顔をしていた。

「両手を合わせて、お不動さまにお願いをしたり、御礼を言ったりするんだ」

時吉はそう言うと、目を閉じて先にお参りをした。

まぶたの裏の薄い闇に、だしぬけに殿の面影が浮かんだ。

(ありがたく存じました……)

この世ではもう会うことができない殿に向かって言う。

(ありがたく存じました……)

今度はお不動さまに言う。

(おかげさまで、江戸へ帰ることができました。再び、のどか屋で料理をつくることができるようになりました。

この先も、お客さまに喜んでいただけるように、心をこめて味の船をつくってまいります。

どうかよろしくお願い申し上げます)

時吉は頭を下げて目を開けた。

おちよはまだ願いごとを続けていた。

千吉と手をつないだまま、長い祈りを捧げていた。

(これからずっと、この子とともに無事暮らせますように。

千吉が大きな病《やまい》にかかりませんように。

のどか屋が変わりなく繁盛しますように。

もう猫がいなくなったりしませんように……)

祈りだすときりがなかった。次から次へと、願いごとは数珠《じゅず》繋《つな》ぎになって思い浮かんできた。

(江戸では折にふれてさまざまな災いが起きています。

どうか、苦しむ人があまり出ませんように。

多くの人が焼け出されるような大火が起きませんように……)

そこまで祈ったとき、おちよははっとした。

黒い鳥の影のごときものが、さっと胸をよぎったのだ。

「おかあ、おかあ……」

千吉の声で、おちよは我に返った。

不安な影はひとまず消えた。

「おお、ごめんね。退屈だったかい？」

わが子に語りかける。

「わずかな賽銭で、そんなにたくさん祈っても聞いてくださらないぞ」

時吉が笑った。

「そうね。でも、お願いしたいことがたんとあるんですもの」

「にゃーにゃ、にゃーにゃ……」

千吉が境内の隅を指さした。

「あら」

おちよと時吉も同じほうを見た。

「おっかさんが来たんだ」

先ほどの雉猫のきょうだいの母親とおぼしい猫が現れ、乳をやりだした。よほどおなかがすいていたのか、同じ柄をした猫たちは一生懸命呑んでいる。

「思い出すわねえ、ここでのどかと再会したことを」

いくらか遠い目で、おちよは言った。

「そうだったな。もう半ばあきらめてたんだが」

時吉も和す。

三河町ののどか屋を焼いた先の大火で、いったんのどかとはぐれてしまった。そののどか屋の守り神と再会したのが、ここ出世不動だった。

ちょうど仕出しを終えたところだったので、倹飩箱《けんどんばこ》を提げていた。その箱にのどかを入れて、岩本町の新しい見世に帰った。

あの日のことが、ついこないだのように思い出されてきた。

「あのとき、のどかが身ごもっていたのがやまとだった」

おちよが寂しそうに言った。

何匹か産んだのどかの子は、ほうぼうへもらわれていった。しかし、顔に妙な模様があるせいか、やまとには引き取り手がなかった。

そこで、一匹だけのどか屋に残しておくことにした。ずいぶんと食い意地の張った猫で、あきない物をかなりやられた。大事な仕込みを夜中に台なしにして、時吉に雷を落とされたことも何度かあった。

だが、いまとなっては、すべてがいい思い出だった。

「やまとも、あそこにいるよ、たぶん」

時吉は本堂のほうを指さした。

「そうね……死んでもそれで終わりじゃないから」

「ああ、人も猫も、死んだら心の中で生きはじめる」

子に乳をやっている猫を見ながら、時吉は言った。

「でも……それだけじゃないような気もする」

いくらか考えてから、おちよは言った。

「それだけじゃない、と言うと？」

「もちろん、人の心の中でも生きてる。でも、こうやって風になって……」

おちよは手のひらを天に向けた。

ひと頃の冷たさは薄れ、風はだんだん春らしくなってきた。

「見守ってくれているような気がするの。この世に残されたわたしたちを」

「……そうだな」

万感をこめて、時吉はうなずいた。

「にゃーにゃ、にゃーにゃ……」

千吉が猫のほうへ歩きだした。

「にゃーにゃの邪魔をしちゃいけないよ、千ちゃん」

おちよが声をかけた。

母猫の乳を呑み終えた子猫たちは、安心したのか、同じように丸まって寝てしまった。

「よし、そろそろ帰るか。千吉、また背中に乗れ」

時吉がおぼつかない足取りの息子をつかまえた。

「なんだか、大きな猫みたい」

おちよが笑う。

「まだ猫みたいなもんだ。ほら、千吉、猫ならうちにいるだろう」

ぐずりだした千吉を、二人がかりで時吉の背に乗せた。

「さ、帰るよ。おうちの猫がおなかをすかせてるかもしれないからね」

のどかが次に産んだ縞猫のちの、その子でのどかの孫になる三毛猫のみけ。みんな帰りを待っている。

「そうだ。安房屋さんに寄っていこう。御礼を言っておかなければ」

時吉は言った。

「なら、手土産を持ってくれればよかったわね」

と、おちよ。

「それはまた改めてでいいだろう。ちょうど味醂が薄くなってるから、注文しておけばいい。何よりの手土産だ」

「お勉強になるね」

おちよが千吉に声をかける。

「頼むぞ、二代目」

時吉は背中の息子を揺すった。

「もっと大きくなったら教えてやるから、うまいものをつくってくれ」

もう一度揺する。

その父の動きが楽しかったのか、千吉はうれしそうに言った。

「うま、うま……」

そして、春の風をつかもうとするかのように、小さな手のひらを上に向けた。

［参考文献一覧］

松下幸子『図説江戸料理事典』（柏書房）
志の島忠『割烹選書　鍋料理』（婦人画報社）
志の島忠『割烹選書　酒の肴春夏秋冬』（婦人画報社）
志の島忠『割烹選書　四季の一品料理』（婦人画報社）
志の島忠『割烹選書　茶席すし』（婦人画報社）
『別冊家庭画報　人気の日本料理2　一流板前が手ほどきする春夏秋冬の日本料理』（世界文化社）
『辻留の点心歳時記』（淡交社）
土井勝『日本のおかず　五〇〇選』（テレビ朝日事業局出版部）
原田信男編『江戸の料理と食生活』（小学館）
鈴木登紀子『手作り和食工房』（グラフ社）

料理＝福田洋、撮影＝小沢忠恭『江戸料理をつくる』（教育社）
新島繁『蕎麦の事典』（講談社学術文庫）
『和幸・高橋一郎の味噌汁と吸いもの』（婦人画報社）
川口はるみ『再現江戸惣菜事典』（東京堂出版）
野崎洋光『和のおかず決定版』（世界文化社）
『繁盛店の最新創作料理』（旭屋出版）
『復元江戸情報地図』（朝日新聞社）
三谷一馬『江戸職人図聚』（中公文庫）
今井金吾校訂『定本武江年表』（ちくま学芸文庫）
笹間良彦『江戸幕府役職集成（増補版）』（雄山閣）
北村一夫『江戸東京地名辞典　芸能・落語編』（講談社学術文庫）
菊地ひと美『江戸衣装図鑑』（東京堂出版）

二見時代小説文庫

味《あじ》の船《ふね》 小《こ》料理《りょうり》のどか屋《や》 人情帖《にんじょうちょう》9

著者 倉阪《くらさか》鬼《き》一郎《いちろう》

発行所 株式会社 二見書房
東京都千代田区三崎町二－一八－一一
電話 〇三－三五一五－二三一一［営業］
〇三－三五一五－二三一三［編集］
振替 〇〇一七〇－四－二六三九

印刷 株式会社 堀内印刷所
製本 ナショナル製本協同組合

落丁・乱丁本はお取り替えいたします。
定価は、カバーに表示してあります。

 ISBN978－4－576－13158－0
http://www.futami.co.jp/

人生の一椀　小料理のどか屋 人情帖1
倉阪鬼一郎［著］

もう武士に未練はない。一介の料理人として生きる。一椀、一膳が人のさだめを変えることもある。剣を包丁に持ち替えた市井の料理人の心意気、新シリーズ！

倖せの一膳　小料理のどか屋 人情帖2
倉阪鬼一郎［著］

元は武家だが、わけあって刀を捨て、包丁に持ち替えた時吉の「のどか屋」に持ちこまれた難題とは…。心をほっこり暖める時吉とおちよの小料理。感動の第2弾

結び豆腐　小料理のどか屋 人情帖3
倉阪鬼一郎［著］

天下一品の味を誇る長屋の豆腐屋の主が病で倒れた。このままでは店は潰れる。のどか屋の時吉と常連客は起死回生の策で立ち上がる。表題作の外に三編を収録

手毬寿司　小料理のどか屋 人情帖4
倉阪鬼一郎［著］

江戸の町に強風が吹き荒れるなか上がった火の手。店を失った時吉とおちよは無料炊き出し屋台を引いて復興への一歩を踏み出した。苦しいときこそ人の情が心にしみる！

雪花菜飯《きらずめし》　小料理のどか屋 人情帖5
倉阪鬼一郎［著］

大火の後、神田岩本町に新たな店を開くことができた時吉とおちよ。だが同じ町内にけれん料理の黄金屋金多が店開きし、意趣返しに「のどか屋」を潰しにかかり…

面影汁　小料理のどか屋 人情帖6
倉阪鬼一郎［著］

江戸城の将軍家斉から出張料理の依頼！ 隠密・安東満三郎の案内で時吉は江戸城へ。家斉公には喜ばれたものの、知ってはならぬ秘密の会話を耳にしてしまった故に…

命のたれ 小料理のどか屋 人情帖7
倉阪鬼一郎［著］

とうてい信じられない世にも不思議な異変が起きてしまった！ 思わず胸があつくなる！ 時を超えて伝えられる命のたれの秘密とは？ 感動の人気シリーズ第7弾

夢のれん 小料理のどか屋 人情帖8
倉阪鬼一郎［著］

大火で両親と店を失った若者が時吉の弟子に。皆の暖かい励ましで「初心の屋台」で街に出たが、事件に巻きこまれた！　団子と包玉子を求める剣呑な侍の正体は？

夜逃げ若殿 捕物噺 夢千両すご腕始末
聖龍人［著］

御三卿ゆかりの姫との祝言を前に、江戸下屋敷から逃げ出した稲月千太郎。黒縮緬の羽織に朱鞘の大小、骨董目利きの才と剣の腕で江戸の難事件解決に挑む！

夢の手ほどき 夜逃げ若殿 捕物噺2
聖龍人［著］

稲月三万五千石の千太郎君、故あって江戸下屋敷を出奔。骨董商・片岡屋に居候して山之宿の弥市親分とともに謎解きの才と秘剣で大活躍！　大好評シリーズ第2弾

姫さま同心 夜逃げ若殿 捕物噺3
聖龍人［著］

若殿の許婚・由布姫は邸を抜け出て悪人退治。稲月三万五千石の千太郎君との祝言までの日々を楽しむべく由布姫は江戸の町に出たが事件に巻き込まれた！

妖《あや》かし始末 夜逃げ若殿 捕物噺4
聖龍人［著］

じゃじゃ馬姫と夜逃げ若殿。許婚どうしが身分を隠してお互いの正体を知らぬまま奇想天外な妖かし事件の謎解きに挑み、意気投合しているうちに…第4弾！

姫は看板娘 夜逃げ若殿 捕物噺5

聖 龍人［著］

じゃじゃ馬姫と名高い由布姫は、お忍びで江戸の町に出て会った高貴な佇まいの侍・千太郎に一目惚れ。探索に協力してなんと水茶屋の茶屋娘に！ シリーズ第5弾

贋若殿の怪 夜逃げ若殿 捕物噺6

聖 龍人［著］

江戸にてお忍び中の三万五千石の若殿・千太郎君の前に現れた、その名を騙る贋者。不敵な贋者の、真の狙いとは⁉ 許婚の由布姫は果たして…。大人気シリーズ第6弾

花瓶の仇討ち 夜逃げ若殿 捕物噺7

聖 龍人［著］

骨董目利きの才と剣の腕で、弥市親分の捕物を助けて江戸の難事件を解決している千太郎。許婚の由布姫も、事件の謎解きに健気に大胆に協力する！ シリーズ第7弾

お化け指南 夜逃げ若殿 捕物噺8

聖 龍人［著］

三万五千石の夜逃げ若殿、骨董目利きの才と剣の腕で、江戸の難事件に挑むものの今度ばかりは勝手が違う！ 謎解きの鍵は茶屋娘の胸に。大人気シリーズ第8弾！

笑う永代橋 夜逃げ若殿 捕物噺9

聖 龍人［著］

田安家ゆかりの由布姫が、なんと十手を預けられた！ 江戸下屋敷から逃げ出した三万五千石の夜逃げ若殿と摩訶不思議な事件を追う！ 大人気シリーズ第9弾！

公事宿《くじやど》 裏始末 火車《かしゃ》廻る

氷月 葵［著］

理不尽に父母の命を断たれ、名を変え江戸に逃れた若き剣士は、庶民の訴証を扱う公事宿で絶望の淵から浮かび上がる。人として生きるために……。新シリーズ！